대금 소리

PART

대금 소리

백승휘 장편소설

작가의 말

 이제 막 나이 이순에 들어섰다. 소개 첫 글부터 고루한 냄새를 풍기긴 해도 글은 오십 초반부터 썼다. 딱히 문학을 배운 적도 없고 글쓰기 수업을 받아본 적도 없다.
 소설 「대금 소리」는 전국에 있는 산을 타면서 들었던 각종 얘기와 서적을 모아 정리하면서 쓴 소설이다. 그러다 보니 나도 모르게 글의 방향이 잡혀가는 걸 느꼈고 그것에 역사성과 상상력을 보탰다.
 30년을 노동판에 깊숙이 뿌리박고 살았다. 누구 말대로 특별히 영특한 구석도, 재주도 없다. 할 수 있는 것이라곤 오로지 글 쓰는 것이었다. 열두 시간을 꼬박 공장에 박혀 숨 가쁜 노동을 하면서도 감히 엄두도 낼 수 없었던 글을 쓰기 시작했다. 통근버스를 타기 위해 30분을 걸어가면서 머릿속을 정리하고 30분 후면 도착할 통근버스 안에서 글을 썼다. 1년이 걸려서야 이 소설을 마무리 지을 수 있었다. 음습한 그늘에 켜켜이 재어져 있던 역사를 「대금 소리」를 통해 온기를 쬐어주고 싶었다. 나의 첫 장편소설 「대금 소리」는 그렇게 무모하게 세상에 나왔다.

1945년 이후 소련과 미국이 분할통치하며 그어놓은 한반도 3·8선은 성냥만 그어대면 터질 수 밖에 없는 화약고였다. 한반도는 언제든 전화에 휩싸일 수 있는 조건을 갖추고 있었다. 전화라는 예정된 순서는 한반도를 비껴갈 수 없는 운명으로 다가오고 있었다. 일본제국주의와 맞서 싸우던 총구는 남은 북으로 북은 남으로 향했다.

1948년 10월 19일 일어난 여·순 사건은 여수에 주둔하던 14연대 소속 군인들이 제주 4·3 사건 진압 명령을 거부하고 봉기한 사건이다. 여순 사건과 제주 4·3사건을 일직선으로 관통하던 정국은 급기야 무력을 동원한 전쟁으로 치닫게 되고 한쪽 이념의 선을 선택할 수밖에 없는 파르티잔은 선택의 여지 없이 남한 내 빨치산으로 남게 된다. 여수와 순천에서부터 시작하여 호남 영남 일대 지역에서 크고 작은 무력 충돌이 일어났다. 두 이념이 만나 충돌을 일으키므로 해서 결국은 광폭해지고 서로에게 뼈저린 상처만을 남겼다. 일제로부터 해방된 지 얼마 되지 않아 불어닥친 또 다른 보복의 악순환이 시작되고 있었다.

일본제국주의에 억압받던 조선인이 해방되자 생각이 다르다는 이유로 또다시 내쫓기는 세상에서 어쩔 수 없이 산으로 쫓겨간 사람들이 빨치산이 되었고, 그들은 일제강점기 때도 선택의 여지 없이 식민지 조선인임을 받아들인 것처럼 해방을 맞은 조국에서도 자기 존재를 부정당하는 세상에 대한 절규로 이념을 받아들였다.

그런 상황을 맞이한 자들이 할 수 있는 것이란 옛날로부터 자신들을 말없이 품어주었던 산에 드는 일이었고, 산은 또한 그렇게 받아주었다. 더 이상 물러설 수 없는 절벽 끄트머리에 서서 머리맡 위로 쏟아지는 가공할 포탄을 맞으면서도 이 땅의 풀처럼 숙명을 거부하지 않고 스스로 걸어서 죽음을 택했다.

어찌 보면 이 소설의 제목은 '山'으로 정했어야 마땅할 정도로 소설 전 과정에서 산은 위대함으로 나타난다. 팔영산, 조계산을 비롯하여 지리산 여러 곳과 영남의 알프스라고 하는 영축산, 고헌산, 운문산, 신불산이 나타난다.

소설 도입부에서 처음 등장한 산은 팔영산이다. 주인공 현의 귀환을 맞는 산이기도 하다. 팔영산이 서정을 담았다면 이어지는 지리산은 격정을 담았고 신불산은 절정으로 치닫는 자들의 마지막 저항지였다. 선 굵은 자들의 역사는 그곳으로부터 시작된다.

그러나 산을 주 무대로 펼쳐지는 이념과 이념의 대립은 피를 불렀고 복수는 끊임없이 순환하는 소용돌이와 같이 한시도 이 땅의 것을 가만히 놔두지 않았다. 생명 파괴가 이어지는 것을 가만히 두고 보기엔 절박했고, 누군가는 끊어내야 했다. 이것을 풀 수 있다고 믿었던 건 사람과 함께 오랜 세월 숨을 같이 한 우리네 악기였다. 한반도의 아픔을 가장 잘 이해하는 악기는 대금이란 사실에 착안하여 대금의 역사를 캐 들어갔다. 그때 만난 음은 한이 담겨 있었고, 그 한이 응축된 채로 발버둥치는 것을 보았다. 그것은 비극적 전쟁을 초래한 한반도의 질곡의 역사가 그대로 담긴 것이었고, 그것을 풀어내지 않고는 소설 「대금 소리」를 맺을 수가 없었다. 남북이 정치적 유불리에 따라 이용하는 사상적 굴레와 사람의 말과 행동으로 빚어지는 갈등과 대립을 대금을 통해서 풀고 싶었다. 그것이 나의 소망이었다.

「대금 소리」 개정판을 펴냄에 있어 수정과 교정, 퇴고의 전 과정을 맡아 아낌없이 수고해 주시고 여러모로 도움을 주신 오창헌 푸른고래 출판사 사장님께 감사의 인사를 드립니다.

2024년 5월
작가 백 승 휘

차례

작가의 말

I. 죽창과 죽음
  총을 들고 나서다 … 12
  소리는 산을 타고 … 15
  산에 든 사람들 … 17
  창끝을 넘은 소리 … 20

II. 춤
  한을 타고 흐른 쌍골죽 … 24
  어떤 사내의 대금 소리 … 26
  금 … 30
  장천평과 애월 … 34
  춤이 대금을 맺다 … 40

III. 넋두리
  저잣거리 삶들 … 46
  밑 살에 쓸린 신발 … 56
  보급투쟁 … 62
  넋두리를 풀다 … 69

Ⅳ. 산으로 간 사람들
  치솟는 울분 … 76
  의기투합 … 86
  토벌대의 기습 … 91
  죽림굴 … 96
  허상의 구원자 예수, 요망의 방관자 부처 … 102

Ⅴ. 길 따라 바람은 흐르고
  우천과 타인능해 … 118
  청산가매골 … 129
  넋을 위한 굿 … 134
  수제천 … 143
  목 없는 시신 … 152

Ⅵ. 죽음이 남긴 소리
  타오르는 산 … 160
  어디서 왔는가 … 164
  소나무는 살아서 … 171
  대금을 놓다 … 179

I. 죽창과 죽음

총을 들고 나서다

멀리 팔영산이 보였다. 순천만으로 떨어지는 해가 저 산을 거치면 여덟 개의 그림자가 만들어진다고 하였다. 그 산을 바라보며 자리한 순천만은 태곳적 그대로의 모습을 간직한 채 아늑한 보금자리를 많은 생명에게 나눠주고 있었다.

석양빛으로 물든 순천만 갈대숲에 몸 누인 새들은 때늦은 저녁 낯선 사내의 발걸음에 놀라 푸드덕하고 날아올랐다. 한 마리가 오르니 큰 무리의 새들이 따라 허공을 차고 올랐다. 비상하는 새는 금방이라도 하물하물 벌겋게 익은 해를 떨어뜨릴 기세 좋은 날갯짓을 했다. 새들이 그 자신 점을 선으로 잇다가 급기야 점과 선을 붉고 노랗게 때론 칙칙한 검회색으로 그려냈다. 그러나 곧 바람이 그걸 지우고 흔들리는 갈대가 다시 채웠.

울렁출렁 물결을 이룬 야트막한 산들이 올망졸망 모여 앉은 자드락길에선 이내 코끝으로 징하게 다가온 푸서리 숲 냄새가 가슴을 벅차게 했다. 오랜 방황을 끝내고 돌아오는 현 자신의 머릿속으로 지난 기억이 주마등처럼 스쳐 지나갔다.

"난리가 나부렸어야. 순천 시내 군경이 쫙 깔렸당게. 뽈갱이 잡는다고 사람들을 죄다 잡아 들볶음 하는디, 피범벅 된 사람이 길바닥에 널브러졌고, 총 한 방에 사람 목숨이 픽! 하고 내 앞에서 고꾸라지는디. 으메, 무서워서 얼릉 도망쳐 왔당게."

이고 온 광주리를 벗어 던지며 고샅길로 헐레벌떡 뛰어온 아주머니의 심상찮은 말 한마디가 온 동네를 술렁이게 했다. 그때 현 나이 열 살이었다.

마을은 무거운 침묵으로 빠져들었다. 그들이 말하는 빨갱이란 물에 들었건 아니건 일단 젊으면 사상을 의심받았고, 지서로 끌려가지 않으려고 설 버티기만 해도 바로 생목숨을 잃는 상황이었다. 그 때문에 청년들은 죽지 않으려 산으로 도망쳤고, 이것으로 가족들은 또 다른 고통을 겪어야 했다.

현의 동네에도 순경들이 대창을 꼬나 쥔 젊은이들을 앞장세워 들이닥쳤다. 나팔 모양으로 손을 모아 외치면 이 집 저 집이 다 들을 수 있을 만큼 작은 촌 동네여서 순경의 소환에 겁먹은 마을 주민들은 사립문을 열고 나섰다.

일제 때 복장 그대로인 순경은 마을 사람들을 죄다 불러 한 터로 모아 놓고는 동리를 손금 보듯 누구보다 잘 아는 이장을 일으켜 세워 청년이 도망간 집을 손가락으로 짚어보라 했다. 두서너 집을 가리키자 완장 찬 젊은이들이 양팔을 낚아채 끌고 갔다.

서너 방의 총성이 울렸고, 그 총성의 여운이 가시기도 전에 젊은이들은 빨갱이를 잡겠다며 참빗 머리 훑듯이 집집이 집뒤짐했다. 술에 취한 그들은 마을 길을 거슬러 현의 집에 이르렀다. 사립문을 때려 부수기 바쁘게 장독이며 그릇 세간들을 바수었다. 이를 말리는 아버지를 개머리판으로 내려쳤다. 그중 한 명이 겁에 질린 어머니에게 다가갔다. 정신 차려 일어선 아버지 눈에 살변을 낼 만한 광경이 들어왔다. 아버지는 방 벽장 한쪽 구석에 비밀스럽게 간직했던 기다란 보통이를 급히 끄집어냈다. 가끔 기분 좋게 술 취해 들어오면 현을 무릎에 앉혀 놓고 보여주던, 날 선 칼이 창처럼 꽂힌 장총이었다.

"너, 이게 뭔지 아니? 이게 말이다. 갑오년 너의 할아버지가 왜놈에게서 빼앗은 총이다. 무라다 총이라고, 이 총이 조선 백성을 숱해 죽였다. 오죽하면 이 총 한 자루만 있으면 왜놈 다 쓸어버리겠다고 니 할아버지가 이를 으물었겠냐마는, 이 총 한 자루를 구할 거라고 혼자서 일본군 병영에 숨어 들어가 일본 놈을 해치우고 빼앗아 온 총이다. 장흥 석대들에서 관군 왜놈에게 쫓기면서도 이 총을 놓지 않았지. 이게 우리 집 가보다."

그러면서 아버진 총구, 총열, 착검 부를 헝겊으로 곱게 매 닦았다. 그만큼 애지중지 여겼다.

광목으로 둘둘 말린 그 총을 그대로 들어 그들 중 한 명의 배를 쑤시니 선혈이 광목에 젖어 들었고, 곧이어 바깥에서 행패를 부리던 자의 목을 그으니 광목천으로 피가 튀었다. 어머니를 한번 쳐다본 아버지는 그 총을 들고 그 길로 곧장 사라져 버렸다.

애써 태연함을 잊지 않으려 목소리를 가다듬은 어머니는 급히 써 내린 편지를 현의 손에 쥐여주고 현의 등을 떼밀었다. 듣지도 돌아보지도 말 것을 다짐 두며 현을 사립문 밖으로 거칠게 내몰았다.

현은 밤도와 마구 달렸다. 돌 틈에 숨어 자란 개미자리 풀이 발을 당기는 것 같았고, 벼룩 풀이 발목을 잡아끄는 것 같았다. 미루나무 끝으로 걸린 달이 만든 큰 그림자를 밟으며 논두렁을 마구 달렸다.

동네별 하나가 산 너머에 걸린 채 떨어지지 않는 캄캄한 저녁, 기어코 탕! 하는 총소리가 산 벽에 튕겨 현의 귀에 꽂혔다. 현의 눈에 눈물이 흘렀다.

엄마를 속으로 외쳐 부르며 산모롱이를 돌아 갈대숲을 헤치고 대숲을 뒤로 둔 외딴집에 들어서자 기어이 앞마당으로 풀썩 쓰러지고 말았다.

소리는 산을 타고

"더 누워 있거라. 이곳으로 널 쫓아 올 사람은 없다."
아버지의 오랜 친구인 죽음竹音 선생이었다.
"금아. 애비, 저 건너 마을에 댕겨올 터이니 오빠 잘 보살피거라."
죽음은 현이네 집을 부러 찾아 어머니 시신을 친히 거두어 장례를 치렀다.
산으로 도망친 아버지와의 관계를 으르딱딱 을러대는 경찰에게 큰 고초를 겪은 죽음이었지만, 아버지의 흔적을 찾기 위해 그 마을에 며칠을 더 머물렀다.

훤한 낮 동안만 경계를 선 경찰과 젊은이들을 앞장세운 서청단은 산 사람과 내통했다는 의심이 들면 이유 불문하고 즉결 처형하였고 밤 되면 그들 초소로 돌아갔다. 밤엔 산 사람들이 내려와 군경의 집을 골라 불을 지르거나 그들과 엮인 남정네들을 골라 죽였다. 피를 부르는 보복의 연속이었고, 악순환이었다.

죽음은 마을 뒤편 동산에 올라가 빼곡히 자란 대나무 숲에서 어른 손가락보다 굵은 대나무 하나를 골라 팼다. 까마귀처럼 시커멓다고 하여 오죽烏竹이라 불리는 대나무였다. 켠 대나무 속을 비운 후 한 치 간격으로 구멍을 뚫고 입술을 가져댈 자리엔 아이 손톱만 한 크기로 단부端部를 도려내었다. 그걸 들고 산을 올랐다.

칠흑 같은 밤이었다. 밤공기 속에 맺히는 이슬 소리도 들릴 정도로 사위는 고요했다. 살짝 대기만 해도 깨질 것 같은 숨 막히는 밤이었다.

산 사람은 이런 밤을 좋아했고 군경은 싫어했다. 곡소리가 반드시 날 것 같은 음산한 전조가 느껴지는 밤이었다.

죽음은 허위허위 산을 넘어 비척거리는 다리를 끌고 평평한 바위를 찾아 자리를 잡고는, 신줏단지 모시듯 괴춤에 차고 온 대나무를 꺼내 들었다. 팔 길이보다 약간 작은, 단소라는 악기였다.

마른 입술을 혀로 핥은 죽음은 단소를 가만히 아랫입술에 가져다 대었다. 호흡을 조심스레 가다듬고 취구 쪽으로 입김을 솜털 불듯이 불어 넣었다. 작지만 맑은 소리가 대나무 끝에서 새어 나왔다.

얼키설키 얼크러진 소리는 알알이 맺힌 이슬 같은 소리로 변하여 나뭇잎 끝에 매달렸다가 바위틈에 숨었다가 땅 밑으로 꺼지기도 하면서 깊은 한숨 같은 소리를 토해내기도 하였다.

방울방울 떠서 잠시 허공에 머무는가 싶더니 흩어지고 이내 모이면서 마치 춤을 추듯 하는데 허공에 튀어 오를 땐 자지러지며 구슬피 울고 찬 기운에 닿을 땐 한스러운 통곡 같은 소리로 변했다.

그 소리에 화답이라도 하려는 듯 물은 조용히 흘렀고 산바람도 쉬었다.

산을 타고 아랫마을 어귀에 이른 소리는 귀 밝은 사람을 먼저 깨웠고 세상 풍파에 시달린 노인들은 마루 끝을 잡고 푹 꺼진 눈을 들어 먼 산으로 눈길을 두었다. 빈 젖꼭지를 물고 빠는 아이도 어미 눈을 따라 고개를 돌렸다.

이때 순경이 저 소리가 대체 뭐냐고 이장에게 소리쳤다. 양쪽으로부터 해를 입은 이장은 아무런 대꾸도 없이 소리 나는 산 쪽을 한참 응시하다가 소리가 끝나기를 기다려 한마디를 던졌다.

"이제 이 마을에 평화가 찾아올 것이구만요."

죽음의 소리를 들은 산 사람들은 더는 마을로 내려오지 않았고, 그간 미친 듯 발광을 해대던 순사와 서청원도 마을 사람들을 들볶아대지 않았다.

마을 사람들은 알고 있었다. 죽음이 일부러 산에 올라가 소리를 통해 현의 아버지 죽창竹創과 얘기를 나눴다는 것을.

죽음이 현의 어머니를 친히 장사를 치러준 것과 현을 끝까지 보살피겠다는 다짐을 소리로 엮어 산 너머에 던졌고, 죽창은 죽음의 그 뜻을 알아듣고 발길을 돌렸다는 것을 마을 사람들은 알았다.

산에 든 사람들

일제가 물러간 자리에 대신 들어앉은 친일 마름들이 일본 놈보다 더한 패악질로 동족을 괴롭혔다. 이것을 본 죽창은 부아가 치밀었고, 을근거리는 마음이 들었다. 민중이 해방된 게 아니라 친일 부역자들이 해방된 것이라 여겼다.

　순경과 서청원을 죽이고 밤을 틈타 도망쳤던 죽창은 하늘을 원망했다. 그 포악한 일제 치하에서도 이처럼 도망치진 않았다. 싸우다 죽는 한이 있어도 그 자리를 떠나지 않았던 죽창이었다.

　그렇게 뒤도 안 돌아보고 밤 그늘 짙은 산 품에 안겨서야 살던 집 쪽으로 고개를 돌렸다. 저 멀리 먼 곳에서 희미한 불빛들이 논두렁을 타고 빠르게 왔다 갔다 하는 것이 보였다. 기어이 총소리가 하늘을 찢자 털썩 주저앉았다. 현과 아내를 애타게 불렀다.

　차라리 이 지옥 같은 현실을 두 눈 불끈 감고 가족들의 생을 자신이 결정하는 게 더 나았을 거란 후회가 밀려왔다. 그나마 단 한방의 총성 소리에 실낱같은 희망이 든 것은 현만은 살아 있을 것 같았다. 현의 생사를 알기 전엔 죽을 수 없다는 강한 맘을 먹은 죽창이었다.

　순천만에서 그리 멀지 않은 야트막한 산에 은거하고 있을 때 자신과 비슷한 처지인 사람들을 만났다. 그들 또한 순경과 서청원에게 고초를 당했던 터라 그것을 꼭 갚아 줄 것이라고 잔뜩 벼르고 있었고 쉽게 의기투합이 되었다.

　다른 곳에 나고 자란 그들이지만 자신들의 깜냥으로 능숙하게 치고 빠지며 경찰을 괴롭혔다. 통신을 못 하게 전신주를 넘어뜨리고 전화선을 절단했다. 심지어는 경찰초소를 습격하기도 했다. 그중 경찰과 서청원에 대한 보복은 응어리진 마음을 속 시원히 풀어내는 것이었지만 상대의 잔인성을 자극하여 피바람을 불러오는 원인이기도 했다. 산으로 도망친 사람들에게 처음 우호적이었던 사람들은 마음을 바꿔먹고 자경단을 만들기에 이르렀고, 자경단으로부터 해를 입은 사람들은 또 산으로 도망치면서 야산대에 합류했다.

　이쪽이든 저쪽이든 한쪽을 선택해야 하는 사람들은 낮과 밤의 위험한 줄타기를 계속했다. 산에 들어 온 자들의 수가 스무 명에 이르자 그 세를 믿은 사람들은 행동반경을 넓게 가지면서 과감하게 행동했다. 대나무를 날카롭게 깎아 대창을 든 사내들이 주를 이루었지만, 일본도를 빼앗아 찬 사내들과 구구식 장총을 든 사내도 있었다. 오합지졸 산 사람에게서 야산대란 전투부대로 대오가 갖춰지면서 경찰지서까지 과감히 공격했다.

　물고 물리는 전투가 계속되었지만 야산대는 자신들이 내세웠던 친일부역자 척결이 점점 더 어려워졌다. 인민을 위한 투쟁이라 내세웠던 명분도 인민들로부터 외면받기 시작했다. 이런 중에 경찰은 그런 야산대를 고립시키기 위해 야산대와 연결되었다고 의심되는 모든 끈을 가차 없이 잘라 버렸다. 고립된 야산대에게 위기가 닥쳤다. 죽창은 고민에 빠졌다. 북쪽에 희망을 걸어보자고 하는 사람들은 북행을 택했고, 그래도 가족을 버릴 수 없다고 하는 사람들은 지리산을 택하여 갔다.

　각자 결심을 둔 이때 구슬픈 단소 소리가 산을 타고 야산대 사람들에게 흘러들었다. 죽창은 죽음이 내는 소리란 것을 단번에 알아차렸다. 종잡을 수 없는 마음을 가라앉히지 못하고 한참 동안 서 있다가 기댈만한 나무를 찾아 등을 대고 앉았다. 눈을 감았다. 가는 바람을 타고 흘러든 죽음의 소리에서 저간의 일들이 주마등처럼 스쳐 지나갔다. 아내의 비명횡사를 담은 구슬픈 소리가 들릴 때면 손에 잡히는 대로 풀을 뜯었다. 그런 고통스러운 소리를 들을 땐 얼굴이 심하게 일그러졌다. 그러나 죽음이 아내를 고이 장사를 치러주는 광경을 그린 소리에선 무릎을 당겨 가슴팍에 대고 흐느꼈다. 이윽고 현을 잘 데리고 있다는 소리를 들은 죽창은 뛸 듯이 기뻐 엉덩이를 들썩였다. 그러자 옆에 세워져 있던 총이 풀숲에 털썩 쓰러졌다. 본능적으로 총을 잡으려던 손이 베었다. 흥건한 피가 흘러나왔다. 그런 죽창에게 죽음은 더 이상 피를 부르지 말 것을 주문했고, 꼭 살아야 한다는 의미를 담아 산으로 올려보냈다. 산을 타고 흐른 그 소리를 마을 촌로와 젖어미와 이장이 들었다. 북행을 택한 자들과 달리 지리산으로 방향을 튼 죽창은 죽음이 낸 단소 소리에 희망의 불티를 틔우며 꼭 살아서 죽음의 소리에 맞춰 큰 춤 출 것을 다짐 두었다.

창끝을 넘은 소리

마을 사람들은 현의 아버지를 죽창竹槍이라 불렀다. 갑오년에 일어난 동학 농민 전쟁 때 장흥의 대접주 이방언 장군이 황룡촌 전투에서 화력이 우세한 적들을 불붙인 장태를 굴려 막아 내긴 했으나 일진일퇴의 공방만 거듭했을 뿐 한 치 앞도 나가지 못하는 지루한 싸움을 이어가고 있을 때였다. 그때 현의 할아버지가 예리하게 대나무 끝을 깎아 만든 창을 장태에 깊숙이 꽂아 적에게 치명적인 타격을 가하고부터 사람들은 현의 할아버지를 죽창이라 불렀다. 그것이 맘에 든 현의 할아버지는 고향에 돌아와 자식을 죽창으로 불렀고, 그 후 일본군에게 빼앗은 무라다 소총을 가보처럼 물려주었다. 죽창도 아버지로부터 물려받은 피는 어쩔 수 없었던지 불의를 보면 못 참았고 집회를 이끌기도 했다.

　죽창이 일본 지주의 횡포에 맞서 갈문이를 하지 않은 논바닥에서 피죽바람 쐬며 굶어 죽기를 각오하고 싸우자 그간 도조 7할까지 받았던 일본 지주는 4할로 도지세를 낮추는, 사실상 죽창의 뜻에 굴복하였고, 이에 동리 사람들은 배에 보리 곱삶은 밥이라도 채울 수 있었다. 하지만 이 일이 빌미가 되어 죽창은 해방되는 날까지 감시를 받았다. 죽창의 신변상 커다란 사건이 있을 때마다 죽음은 그런 죽창을 위해 소리로 마음을 달래주었다.

　죽음이 죽창을 마지막 만난 것이 해방된 그 이튿날이었다. 술 한 동이를 지게에 지고 너럭바위에 걸터앉아 호기롭게 좋은 세상을 만들 것을 다짐 두며 술 마시던 것이 엊그제 일이었다. 삶이 팍팍하고 세상사 힘겨울 때는 죽음은 꿋꿋한 소리로 친구를 달랬다. 불의한 세상을 갈아엎어 이뤄낸 승리 앞에선 신나는 소리로 화답했으며, 해방되는 날 기꺼워 우는 친구와 함께 밤새껏 통음했다. 산천아 함께 춤을 추자며 덩실덩실 춤을 추는 친구를 앞에 두고 목울대에 핏 가시가 돋칠 정도로 소리를 불렀다.

　"어이, 죽음. 대나무도 죽지 않나? 그럼 자네 소리는 어찌 되나?"

　"뭐가 걱정인가? 천사슬대로 살면 되는 것을. 죽음이 있어야 삶이 완성되는 것이네. 그 죽음과 내 죽음은 다르지 않네."

　죽음은 그날 이후로 일절 현의 아버지 죽창에 관한 이야기를 입 밖에 내지 않았다. 두 번 다시 친구 죽창이 살던 동네를 찾지 않았다.

Ⅱ. 춤

한을 타고 흐른 쌍골죽

"현아, 이리 와 보거라."

"부르셨습니까? 스승님."

"그래, 오늘은 내하고 대나무를 캐러 가자. 너도 음이란 걸 귀로 들으며 얼추 흉내라도 내니 네가 가질 만한 젓대 하나 정도는 있어야 하지 않겠느냐."

이제 어엿하게 청년티가 나는 현을 앞장세운 죽음은 끄느름한 하늘을 찌를 듯 선 대나무 숲으로 들어섰다. 사람 손을 전혀 타지 않은 대나무는 짙푸른 색을 온몸에 두르고 하늘로 솟았다. 고개를 두리번거리며 쓸 만하다 싶은 껄끄러진 대나무에 눈길을 주는 현을 죽음은 그때마다 돌려세웠다.

"밥 지을 때 입맛이나 돋게 할 나무니라. 허우대만 컸지, 소리로는 쓸모없느니라."

햇빛 한 줄기 들어오지 않는 응달 녘에 자리한 눈들이 있는 자드락 숲으로 죽음은 현을 앞장세워 들어갔다.

"스승님 이런 곳은 대나무가 자라기엔 전혀 맞지 않는 곳입니다."

이런 현의 말에 잠자코 있던 죽음은 발걸음을 멈춰 가느다란 빛이 겨우 내리는 곳으로 눈길을 주었다. 손가락으로 한 나무를 가리켰다. 대나무가 가진 곧고 반듯함과는 전혀 먼 모습의 대나무였다. 보기에도 애처로울 정도로 등 굽어진 모습으로 의지가지없이 힘겹게 서 있었다.

"중통외직中通外直 정정정식亭亭淨植. 몸은 비어있지만 줄기는 곧으며 바르고 깨끗하게 자라는 게 대나무다. 대나무가 곧은 건 속이 비어있기 때문이지. 제 속을 비우지 않고야 곧을 수 없고, 욕심을 버리지 않고서야 사람은 꼿꼿해질 수 없나니, 하지만 모든 대나무가 다 그럴 순 없는 법이다. 저 대나무가 속이 있다고 하여 욕심이 가득 찼다고 하겠느냐? 그래서 굽었겠느냐? 아니다 살려고 몸부림친 굽은 몸은 그 어떠한 것보다도 숭고하다."

죽음은 톱을 돌려세워 자루로 나무를 쳤다. 텅! 텅! 소리 대신 딱! 딱! 소리를 냈다. 이 나무 저 나무를 스승 따라 만져 본 현이지만 이런 소리를 내는 대나무를 보긴 처음이었다. 속이 비어있어야 할 대나무가 대나무답지 않게 꽉 찬 느낌으로 다가온 건 처음이었다.

"되았다. 이 놈은 캐기도 쉽지 않을 게다. 물기 머금은 채로 속이 꽉 찼으니 톱이 웬만해선 들어가지 않을 것이고, 차고 습한 비탈진 곳에서 몇 십 년을 버티고 살았으니 그 뿌리만도 서너 발은 족히 넘을 것이다. 초겨울도 아니고 한겨울도 아닌, 제 몸을 비우고 잠든 이맘때, 이때 캐야 하나니. 이 녀석이 살자고 머금은 물기를 고집스럽게 빼내다가는 필시 뒤틀려 버릴 것이고, 시간을 재촉해 굽은 것을 펴려다간 자칫 절折하고 말 것이다. 사람만 분노가 있는 것이 아니다. 분노가 사그라들 때까지 기다려야 한다. 지 스스로 소리를 낼 때까지."

죽음은 점점 꺼져가는 작은 소리로 중얼거리고는 막걸리 한 사발을 대나무 앞에 떠 놓고 마치 대추나무에 깃들어 산다는 철륜대감 대하듯 최대한 예를 갖춰 자신의 키만 한 곳에 톱을 대고 쓸었다. 그리고 뿌리를 캐 들어갔다. 겨울인데도 흙이 얼지 않았다. 그런 흙을 파헤치는 죽음의 손이 떨렸다. 평생 대나무를 만진 죽음도 이처럼 실팍하고 튼실하면서도 아이 손목 굵기만 한, 넘치지도 모자라지도 않은 대나무를 보긴 처음이었다.

다른 나무와 경쟁조차 할 수 없는 빛도 들지 않는 기슭에서 운명을 거역지 않고 살 속을 파고드는 칼끝처럼 시린 산꼬대와 새벽 추위에 얼고 터지고 그들 푸네기에게 외면당한 그 처절함이 속으로 쌓여 속살이 돼버린 대나무. 그 한으로 한쪽 골이 깊게 팼고, 그 한을 타고 흐른 눈물이 또 한쪽 골을 만들었으니 쌍골죽이다. 꽉 찬 소리를 내는 건 쌍골죽 아니고서는 감히 엄두도 못 낸다는 것을 죽음은 알고 있었다.

어떤 사내의 대금 소리

겨울로 들어섰다. 금에게 장고를 가져오라 이른 스승은 현에게 대금을 가르치려 할 때였다.

"현아, 소리란 무엇이냐? 만질 수 있는 것이냐? 볼 수 있는 것이냐? 아니면 만질 수도 볼 수도 없으니 듣기만 해야 한다는 것이냐? 듣지를 못한다고 해서 소리가 없는 것이냐? 앞을 못 보는 자는 소리를 듣고 춤을 추며, 듣지 못한 자는 소리를 보고 그린다. 과연 너는 보지도 듣지도 못하면서 소리에 따라 춤을 추고 소리를 그릴 수 있느냐? 가슴으로 소리를 밀지 마라. 입술로만 소리를 치지 마라. 저 아랫배에 단단히 힘주고 천천히 너의 숨을 밀어 올려라. 소리는 오로지 산 자들의 것이다."

평상시엔 아버지처럼 따뜻하게 현을 대하던 죽음이었지만 대금을 가르칠 때는 그 누구보다도 엄격했다. 어떠한 기교도 허락하지 않았기에 목을 젖히거나 어깨를 들썩이는 것도 허락하지 않았다. 그리했다간 여러 개의 대나무 살로 엮어 만든 죽비로 어깨를 흠씬 두들겨 맞았다.

대금 특유의 꿋꿋하고, 씩씩하고, 장쾌한 소리를 내는 청공 자리엔 갈대 속살을 쪄서 붙인 청 대신 질기디질긴 돼지 오줌보를 오려 동였다. 웬만한 힘으로는 소리를 밀어낼 수가 없었다. 병아리 오줌 소리만큼이라도 소리를 내려면 아랫배에 있는 모든 것을 끄집어내야 했다. 그것은 고통이었다.

그렇게 죽음은 현을 혹독하게 가르쳤다.

"계십니까?"

"뉘시오?"

"지나는 사람이온데 여러 곳 발섭하다가 예까지 흘러들었습니다. 여기 오다 들으니 선생님께서 소리를 한다시길래 염치 불고하고 한 곡조 청해 보려 들렀습니다."

죽음은 마당에 달빛을 등지고 선 사내를 유심히 보았다. 그림자는 흔들림이 없었다. 다부지면서도 당당한 자세로 선 젊은이는 아래로 늘어뜨린 한 손 범아귀 사이에 대금을 쥐고 있었다. 손때가 묻어 거무튀튀하면서도 반들반들하게 윤이 나는 대금이었다. 누렇게 잘 익은 살구빛깔이 칠성공 자리에 빛났다.

"들어오게. 난 늙었으니 젊은이 소리부터 함 들어보세."

대금 소리 27

죽음의 부탁대로 젊은이는 한 치의 주저함도 없이 청 가리개를 열고 대금을 입술에 갖다 대었다. 다스름을 한번하고는 서서히 소리를 내었다. 젊은이가 가진 대금은 현이 스승과 함께 만들던 대금보다 길이가 작았다. 반면 취구는 입김을 어디로 쏟아 넣든 다 받아 줄 수 있을 만큼 컸다. 현이도 저 작은 대금에서 어떤 소리가 나올지 궁금했다. 작은 방안이 쥐 죽은 듯 조용했다. 금은 장고에 한 짝 손을 얹고 변죽을 만지작거렸다. 죽음은 조용히 눈을 감았다. 이윽고 여린 소리가 대금에서 흘러나왔다. 잘고 길었다. 그러나 왠지 구슬펐다. 억눌렸던 슬픔이 가는 실타래에 꿰어져 타래타래 풀려나오는 것 같은 가락이었다. 어린 새의 부등깃 같던 가녀린 소리는 이어 큰 새의 활갯짓 같은 농낙조로 들어서자 죽음의 눈썹도 실룩, 움직였다.

감았던 눈을 당장이라도 뜰 기세였지만 맺는 소리에 이어 푸는 소리에선 바람에 맡긴 채 창공을 유영하는 지극히 평안한 모습이 돼 있었다. 한바탕 폭풍이 몰아쳐 간 바닷속 고요 같았다. 죽음은 한동안 말없이 눈을 감고 있다가 이윽고 말문을 열었다.

"자네와 같은 소리를 십 년 전에 딱 한 번 들은 적이 있네."

죽음은 이 말을 던지면서 땀방울 맺힌 젊은이 이마 아래 눈매를 유심히 살폈다. 십 년 전 죽음에게 산조란 이름으로 거침없이 소리를 냈던 박중기란 사람과 많이 닮아 있었다.

"뭐랄까? 농중조가 새장 밖으로 날 긴 했으나 날고 보니 방 안일세. 자네 소리가 작은 방 안에 갇혔다는 것이 아닐세. 새장이 이 세상이고, 이 세상을 열고 나섰으나 결국 방 안도 이 세상이란 말일세. 소리는 거침없네만 그것을 씨줄 날줄로 엮었으니 앞으로는 자네의 소리가 세상을 덮을 걸세. 또 그래야만 하고. 책으로 만들어진 시문이 천년이 지나도 없어지지 않는 것과 같지. 허공 속에 떠도는 음은 세상이 변하면 잡기 어려우이. 청음은 그것을 그리워하는 사람의 것이지. 그러니 범인들이 알기엔 어려운 법. 자네의 소리는 장차 사람들에게 사랑을 얻게 될 뿐만 아니라 우리 음악의 새로운 장을 열걸세. 자네 소리도 들었으니 내도 한 곡조 자네에게 들려줌세."

산조를 부른 대금보다 한 뼘 정도 더 긴 대금을 죽음은 꺼내 들었다.

음률을 고르는 과정을 생략한 채 바로 소리로 넘어갔다. 죽음이 부른 것은 아리랑이었다. 그 소리는 태초에 첫새벽이 열리고 봉황이 우는 장엄한 소리였다. 스승의 소리를 숱해 들었던 현이지만 단순하다고 생각한 아리랑 하나에 어떻게 저런 신비스러운 소리가 들어 있을까, 생각지도 못했다. 놀란 눈으로 스승을 보았다. 한 치의 흐트러짐도 없이 자기 신체 일부처럼 대금을 한쪽 어깨에 얹고 소리를 내는 스승은 청의동자의 시중을 받는 신선 같았다.

이윽고 대금이 살짝 기울더니 그 기운 대금을 타고 젊은이도 현도 금도 눈물짓지 않을 수 없을 만큼 세상에서 가장 슬픈 가락이 흘러나왔다. 젊은이의 입에선 아! 하는 탄성과 함께 대금을 자신에게 가르치며 죽음에 관한 이야기를 하던 아버지의 말씀이 그저 허언이 아니었음을 알았다.

"주환아, 소리는 생명이다. 그 누구도 범접할 수 없는 생명인 소리를 죽음은 낸다. 그가 내는 소리엔 사나운 이념도, 기광든 폭력도 없는, 지극한 평화로움만 있다. 잘 새겨듣고 오너라."

여순 사태 때 죽음의 소리를 산에서 듣고 내려와 초야에 묻혀 산 대금잽이 박중기가 젊은이의 아버지였다.

금

현은 어느 날 불쑥 찾아와 산조란 소리를 한바탕 풀고 간 박주환이란 사내를 잊을 수 없었다. 그자에게서 나온 소리가 머릿속을 내내 맴돌고 마음을 들쑤셔 놓았다. 스승을 쫓아 배운 것에 회의감이 밀려왔다. 단대목만 가르쳐주는 스승님의 공부 방식이 더 이상 소리다운 소리로 나가지 못한다는 저 자신에게 자괴감이 들었다. 생각을 골똘히 하고 있던 차에 저만치서 손짓하며 다가오는 금을 보았다.

사흘 뒤면 금의 생일이다. 그간 생일 선물이라고 준 것들을 손꼽아 세어본 현은 죄다 대나무로 만들어 준 것밖에 없단 생각이 들자 무렴해졌다. 낭창낭창한 대나무 껍질로는 날개를 가진 잠자리와 나비 등을 주로 만들어 주었고, 마름질한 대나무엔 그림을 새겨 넣고 옻칠로 마무리하여 팔찌를 만들어 주기도 하였다. 그러나 그것이 무엇이든 간에 현이 주는 걸 받아 든 금은 환한 미소를 지었다. 어릴 적에는 금이 좋아하는 모습에 생일이 아닌 때도 열심히 만들어 주기도 했지만, 시간이 지날수록 도리어 미안해진 건 현이었다.

꽃 그림을 새겨 넣은 머리핀을 만들어 머리에 꽂아주려 할 때였다. 귀밑을 스치는 바람에 한 올 살쩍 머리카락이 흔들리는 것을 본 현은 그제야 어릴 적 해 다녔던 댕기머리가 상당히 짧아졌다는 걸 알아챘다. 금은 놀란 현의 얼굴을 보더니 마치 놀래려 일부러 그리했던 것처럼 깔깔 웃으면서 샐쭉하니 입술을 내밀었다.

"칫, 오라버니는 내 머리 자른 걸 몰랐당가. 서운하고만."

"아니, 너 언제 잘랐어? 왜 자른 것여?"

"내도 이제 다 컸고만. 어린애가 아니란 말여."

"뭐여? 이 쬐그만 게. 내 눈에 아즉도 애긴디."

"뭣이라고 혔어. 시방."

새치름하게 나오는 금이었다.

"근디, 오라버니. 어쩔겨? 낼 모레가 내 생일인디. 웃따, 또 대나무지라."

자기 속마음을 아무렇지 않게 내비치는 금의 언죽번죽함이 현은 오히려 고마웠다. 그런 금에게 자신의 속마음을 애써 숨기며 감출 필요는 없기 때문이었다.

"왜, 대나무가 싫냐?"

짐짓 손자 밥 떠먹고 눙치는 할아비처럼 현이 하늘 보고 있으려니,

"웃따, 내가 언제 싫다고 했소. 마, 이번 참엔 어떤 걸 줄런가 고것이 궁금했싸 미리 귀띔 좀 얻으려고 물어봤당게."

제풀에 건몸 단 금이 토라져 어깨를 외로 꼬자 그 모습에서 처녀티가 물씬 올랐지만, 통통 튀는 말투엔 어딘지 애잔함이 묻어났다.

금은 아버지로 여긴 죽음에게 왜 엄마가 없냐는 말을 한 번도 꺼내지 않았다. 금이 엄마란 말을 입 밖으로 낸 걸 현은 한 번도 들어보지 못했다.

죽음 또한 아무런 말도 하지 않았다. 우연히 대금을 동여맬 쇠심줄보다 더 질긴, 서양에선 고기 잡을 때 쓴다는 낚싯줄을 놓고 가는 황아장수에게서 금의 태생에 대해서 잠깐 엿들었을 뿐이다.

"어이, 죽음. 금이 마이 컸고만. 이제 시집보내도 되겄어. 저 핏덩이를 어쩌코롬 저렇게 잘 키웠당가. 사실 따지고 보면 말여 자네 씨는 아니잖여. 노구장이를 통해 어디 좋은 혼처 자리 하나 알아봐줄까? 세상은 많이 변했어도 농투성이들에겐 땅이 최고지. 천석지기 후처 자리 하나가 나왔는디, 이참에 그 궁상맞은 대금 그만 만지고 팔자 한 번 고치는 거 어뗘?"

황아장수의 이 말이 끝나기 무섭게 죽음은 발치에 놓인 고불통을 냅다 황아장수에게 집어던졌다.

"야, 이 시러배 잡놈아. 뭐가 어쩌고 어쩌. 그 아가리 찢어 놓기 전에 썩 나가. 다신 이곳에 발 들여 놓을 생각 말어."

"이봐, 뭘 그러나. 자네 씨도 아닌데. 보내면 누이 좋고 매부 좋고. 다 좋은 거 아녀. 기생년 바람이야 오뉴월 바람 불듯이 아무렇지 않은 것이지만, 그년이 내지른 씨를 왜 자네가 뒷갈망해서리 자네의 그 좋은 청춘을 다 썩히냐 이 말여. 혹, 자네 아즉도 애월이, 금의 에미를 못 잊어서 그러는 건 아닌감. 근자에 떠도는 소문에 그 애 에미가 순천에 와있다던데. 그 에미가 금을 냅다 데리고 가불면 죽 쑤어 남 좋은 일 시키는 거잖여. 지붕 쳐다보는 개꼴 되지 말고 후딱 시집보내고 팔자나 고쳐. 저 머슴아 저 녀석은 빨갱이 죽창 자슥 아녀? 기생 딸에 빨갱이 자슥. 자네 말년 운세 사납기 그지없을 걸세."

이런 자발없는 말을 던지고 마당을 가로질러 가는 황아장수를 현만 본

게 아니었다. 부엌 아궁이 앞에서 가만 쪼그려 앉아 따비밭에 뿌릴 재를 망태기에 담고 있는 금도 보았다. 이런 일로 금은 생가슴이 터질 만도 한데 여느 때나 다름없이 집안 살림을 하면서도 양금채 같은 목소리로 시조창을 놓지 않았다. 그런 모습을 어쩌다 훔쳐보면 찬 서리를 인 늦가을 국화처럼 처연해 보이기 그지없었다. 가느다란 눈썹을 알맞게 펼쳐 놓은 듯한 이마 아래 오똑하니 솟은 코는 해끔한 얼굴임에도 유난히 도드라져 보였고, 꽃 수술처럼 길게 늘어진 속눈썹 안으로 새카맣게 빛나는 눈동자는 빨려 들어갈 듯이 깊었다. 적당히 패인 인중 그 아래 입술은 앵속을 달인 듯 붉었고 '눈 맞아 희어진 대를 뉘라서 굽다 턴고 굽을 절이면 눈 속에 푸르르랴 아마도 세한 고절은 너뿐인가 하노라'라는 시조창을 부를 때는 도투락 종댕기를 땋고 아지랑이 언덕을 뛰어놀던 아이가 더는 아니었다.

'아, 참. 금의 생일이로구나.'

대나무로 갖가지 동물을 만들어 금의 생일 선물로 주던 미안함에 현은 자리를 털고 일어났다. 지난겨울 서늘한 곳에 말려 물기 뺀 대나무를 곧게 펴서 만든 대금 두 자루를 어깨에 빗겨 매었다. 주사청루 옥류관 기방이나 굿당에 내다 팔면 금의 생일 선물을 살 돈이 족히 마련될 성싶었다.

"오라버니, 어디 가시고라?"

"으음. 내 잠깐 어디 좀 댕겨올께."

"나도 따라가면 안되우?"

코맹맹이 소리로 현의 말을 되받은 금은 금방이라도 현의 뒤춤을 잡고서 따라나설 시늉을 하였다.

"금아, 이번엔 길이 좀 멀거든. 너가 힘들거야. 오라버니 얼릉 댕겨올께."

장천평과 애월

현은 다가오는 누이동생 금의 생일에 맞춰 몇 가지 화장품과 거울을 사려고 장터를 구경삼아 어슬렁거렸다. 십여 년 전에 아버지를 따라다니며 보았던 장터였다. 아버지 손을 잡고 장터 구석구석을 돌아다녔던 생각이 주마등처럼 스쳐 지나갔다. 전쟁의 참상이 곳곳에 배어있지만, 장터 사람들은 살려는 의지가 강했다. 시계전엔 돈 없인 넘겨다 볼 수 없는 쌀이 기직자리 안으로 가득했고, 비릿한 냄새를 풍기는 생선가게 앞에는 서너 사람이 흥정하고 있었다. 가는 국수를 줄느런하게 펼쳐 놓은 국숫집은 국수를 삶아 대고 있었다. 노루 꼬리만 한 해꼬리가 장터 마당을 비추는 안쪽으로 들어가니 전쟁이 끝나고 달리 변통할 길 없는 시골 장터에 그래도 개 잡아 파는 군치리집이 있고, 그 앞 술집에선 감춰한 사내들의 웃음소리가 끊임없이 흘러나왔다. 내외술집이라 하지만 젓가락 장단이 쉼 없이 이어지며 서너 명의 사내들이 각자 분위기에 맞춰 추임새를 넣고 주모가 술을 따르며 사내들이 주는 소리를 흥겹게 받고 있었다. 허름한 탁주 집에서 구성진 가락이 흘러나왔다. 해설피 남은 빛이 어른거리는 문틈으로 새 나오는 육자배기 가락이 현의 흥을 돋웠다. 어릴 때부터 남달리 소리에 민감하게 반응하던 현이었다. 동리 할머니가 부르는 노랫가락을 놓치지 않고 그대로 따라 흥얼거린다거나, 저잣거리에서 화랑이 패들이 걸판진 장을 펼쳐 놓으면 함께 춤을 추기도 하고, 그들의 북장단, 장고 가락,

해금 선율에 맞춰 때론 꺾어지듯 강하게, 때론 낭창거리며 가볍게 춤사위를 펼치고, 굿당 당골의 신풀이를 흉내 내어 읊조리며, 대금, 피리 등 젓대 잽들이 연주하면 그 옆 풀잎을 꺾어 입에 대고 얼추 따라 부르기까지 했던 현이었다. 그런 현을 엿보던 한 사내가 현이를 술집 안으로 끌어들였다. 용춤에 끌리듯 이끌려 간 현의 등 뒤 대금도 뛰었다.

"어이, 총각. 거 등 뒤에 매고 있는 거 대금 아뇨? 허, 지금은 보따리 신세 못 면한 방물장수지만 내도 한땐 장안이 떠나가라 한가락 했던 사람이우. 어디 한번 청해봐도 되겠소."

팔려고 들고나온 대금이 되레 현을 몹시 난처하게 만들었다.

"어 거 뭐 폼으로 들고 다니는 거요? 아니면 샐닢을 던져줘야 부르겠단 거요? 비싸게 굴기는."

기다림을 못 참은 급급한 사내들이 한창 달아오른 분위기에 초쳤다는 생각에 울뚝뱉을 쏟아 내었다. 그런 사내들 사이로 주모가 나섰다.

"총각, 어려워 마우. 그래도 이 양반들 귓구녕은 뚫렸다우. 웬만한 음악 정도는 이해하는 자들이라오. 다 왕년에 한가락 했던 양반들이지. 부끄럽거든 자, 이 대포 한잔 죽 들이키고."

술집 주모가 사발 가득 따라 준 술을 빈속에 채운 현은 그들이 요구하는 대로 대금을 들어 어깨에 올렸다. 그리고 다스름을 한번 하고는 대금에 입김을 불어 넣었다. 짯짯하고 짱짱한 소리가 흘렀다. 지금껏 스승 앞에서 내고 싶어도 낼 수 없었던 소리를 내었다. 스승 앞에선 한 번도 불러본 적 없던 소리가 술집을 꽉 채웠다. 거기다 일전에 박주환이란 자가 부른 산조를 정확히 짚어 현 자신만의 색깔로 재해석하여 불렀다. 화려한 기교 없이 담백하면서도 묵중하고 깊은 맛. 그만의 음색을 드러내며 특별한 음의 세계로 나갔다.

이런 현의 소리에 사내들은 어깨와 궁둥이를 들썩였다. 웬만한 가락을 섭렵하고 이해하는 사내들인지라 누군 두 손을 둥글게 말아 입에 가져다 대고는 현이 부르는 대금에 소리를 끼워 맞췄고, 간장 종지와 사발의 오둠지 부분을 두들기며 다른 소리로 장단을 맞췄다. 또 어떤 사내는 흥에 못 이겨 고개를 연신 까딱대었다. 손바닥을 엇갈아 대폿집 탁자를 맛깔나게 두들기던 사내가 갑자기 소리를 질렀다.

"누님, 애월 누님. 이거 귀에 익숙한 소리 아니오?"

사내의 반문하는 듯한 물음이 아니더라도 현의 대금 소리가 깊어질수록 술집 주모의 안색이 푸릇하니 체한 듯 얼굴에 땀까지 비쳤다.

"아니, 누님. 정말로 간만에 듣는 소리요 잉. 그려, 이제 생각났당께. 아, 대금 하나로 천하의 명인, 가인들을 무릎 아래 꿇린 장천평 소리 아니요?"

한 사내가 장천평이란 이름을 입 밖으로 내자 갑자기 찬물을 끼얹은 듯 술집 분위기가 얼음장처럼 굳어졌다. 현도 덩달아 대금을 아래로 내려놓으면서 좀 전에 귓등으로 흘려들었던 애월이란 이름을 되뇌었다. 소침해진 사내들을 뒤로 술집 주모는 문을 열고 나갔다. 힘없이 문을 미는 손이 살짝 떨렸다.

"허허, 장천평이 내던 소리를 여기서 듣는구먼. 자네를 가르친 스승은 누군가?"

"죽음이라 하옵니다."

"죽음? 이름은 요상타만 장천평은 아니고만. 근데 어찌 음색이 같아도 이리 같을 수 있나. 하기야 장안에 장천평 소릴 배우겠다고 젓대 잽들이 구름같이 모여들었지. 그중의 하나가 자네를 가르친 스승일 수도 있겠군. 그래도 하늘이 내린 소리는 범인들이 제아무리 난다 긴다 혀도 따라 하진 못하제.”

 “어따, 누님은 마음이 무척 심란한가 벼. 어찌코롬 말도 없이 나간당가. 젊은이, 자네 소리가 아마도 장천평하고 닮아도 너무 닮아버링께 도대체 마음을 둘 곳이 없어 맘 풀라고 나갔는가 벼.”

 대포 한잔으로 목을 축인 사내는 이왕 말 꺼낸 김에 더해야겠다는 심산인지 전기수 방각본 읽듯 애월에 대한 얘기를 주절이 풀어 놓았다.

 “그러니까 말여. 저 누님도 장안에서 둘째가라면 서러울 정도로 예기 아녔던 감.”

 “예기?”

 “허허, 이 젊은 친구 보게. 기생이 뭔지도 모르는 순진 무지랭이 아녀. 병타성은 알랑가?”

 이 말에 사내들이 키득키득 웃었다.

 “자, 보셔이. 기생은 일패, 이패, 삼패 기생이 있고, 그중 잡가만 줄창 불러대는, 일명 더벅머리라 불리는 상패 천장과 시·서·화는 물론이요, 가무음곡에 능한 상등기생이 있는디.”

 말이 길어진다 싶었는지 옆에 있던 사내가 말을 도중에 자르고 나섰다.

 “아, 그만 혀. 그게 뭣이라고. 글찮혀도 시퍼렇게 멍울 든 가슴으로 여태껏 살아 온 누님의 지나온 날 들춰싸서 뭣한대. 그만 혀고 누님의 한 점 혈육이나 찾아보드라고.”

한 사내가 말을 무지르는 중에도 말재기처럼 말을 해야 직성이 풀리는 사내는 이런저런 말을 각설하여 내놓은 말이,

"애월은 옥당기생 안 부러워할 정도로 가무와 현에 능한 기생이었겄다. 하루는 순천의 송 갑부 댁 연회에 부름을 받고 가니 방귀깨나 뀐다는 지방 유지들은 물론이요. 평양의 애홍, 대구의 향파, 진주의 영월과 쌍벽을 이룬다고 소문이 난 애월을 보러 뭇 사내들이 구름처럼 몰려와 담장 아래 모였는디, 글깨나 한다는 먹물 하나가 우쭐 나서서 애월을 앞에 두고 농지거리하는데, 그 중 정송강여진옥상수답鄭松江與眞玉相酬答이라 하여, 무식한 놈들이 뭘 알겠냐마는 "청옥야 백옥야 난옥명하나 대장부 살 송곳 뚫을 곳 없으니 그대 것에 뚫어 보자"라고 희학질 섞인 농언을 능구렁이 혀 삼키듯 하는데, 이에 애월은 송강과 눈 맞은 진옥의 말에 상관없이 "청옥도 백옥도 아니지만 송곳이야 무언들 뚫지 못하랴. 다만 뚫다가 부러지면 규방 마님 서러워 어이하리"라고 대꾸하니 좌중이 쓰러지더라고. 여기에 한 술 더 떠 고대광실 고복격양 하는 자들 들으라고 한마디 덧붙이는데,

 사월 무른 볕 푸른 잎사귀 속 명자꽃은 잘 만 붉은데
 칠월 화볕 창공에 넘늘어진 능소화는 어쩜 붉다 마는가

'능소화는 양반 꽃이라 우리 같은 상놈들이 넘볼 수 없는 꽃이 어찌 붉다 말았는가'라 하여 필부와 다름없는 양반들을 비웃은 게지.

이때 장천평의 대금이 쩡하고 더그매를 누르니 제비가 놀라 날고, 이어 애월이 술대를 잡아 거문고를 튕기니 두 남녀가 내는 소리에 눌려 사방이 고요해지더라. 장천평과 애월의 소리 궁합은 교합을 넘어 운우지정에 다다랐다고 봐야 하나 범인들은 모르고 그 둘만 소리로서 은밀한 사랑을 나

넜더라. 그러나 그 집 송 갑부 댁 둘째 놈이 애월에게 흠뻑 빠져서는 시도 때도 없이 추근대는데 애월에게는 병색이 완연한 어미와 못 먹어 부황 오른 동생들이 있었고 어디다 한 눈 판다는 것은 가당치도 않았지. 돈 몇 푼에 동기童妓로 기방에 팔려 온 몸, 거기다 더럽고 추잡한 돈은 안 받고, 그런 곳에 가지도 않으니 아궁불여我躬不閱와 다름없는 처지임에도 연회석에서 불러 준 놀음차 값으로 받은 돈을 죄다 우리에게 나눠주니 누님 처지 말이 아니었지."

애월이란 기녀 이름을 버리고 누님이라 호칭하여 부른 사내의 눈가에 설핏 눈물이 맺혔다.

"아, 글씨 똥구멍이 찢어질 정도로 가난하고 낼모레 어찌 될지 모르는 어머니의 사정을 안 송 부잣집 자제 놈은 기생 초야권을 큰 값으로 산다는 흥정으로 애월 누님을 끌어들였는디, 그때부터 불행은 싹텄던 거라. 애기씨가 생기는 날을 피해야 하는 게 기생들의 숙명인데, 덜컥 애기가 들어섰고, 배부른 기생은 이미 파장 기생이라 누구도 거들떠보지 않는 게 이 세계인지라 애월 누님은 참으로 딱하게 되얐지. 이 사실을 안 송 갑부 댁 안방마님은 천한 드르븐 씨 송씨 문중 핏줄이라는 소문이 순천 바닥에 날까봐 애월 누님을 내쫓는디 이미 해산달이 코앞이라 그 누구도 거들떠보지 않는 기방 구석방에서 몸을 풀었고만. 그 애를 받은 게 바로 대금잽이 장천평였지. 후더침도 풀지 못한 애월 누님은 그 길로 순천 바닥을 떴고, 젖동냥을 해먹이면서 암죽이라도 삼킬 나이가 된 애기를 안은 장천평도 어디론가 사라졌지. 아마 온전히 컸다면, 그 애 나이 열일곱은 됐을꺼고만."

술집 주모의 내력을 마치 자기 일인 양 쉼 없이 설을 푼 사내와 술을 주고받던 사내들의 눈가에도 살포시 눈물이 비쳤다.
"아니, 이 누님은 어디 간 것여?"
"어여 가세."
현은 마치 꿈을 꾼 것처럼 멍해 있다가 손에 쥔 대금을 가만히 내려다보았다. 대금을 그 어느 때보다도 거침없이 분 자신도 믿기지 않았지만, 사내들이 무심코 던진 술집 주모의 옛 이름 애월이란 이름에 더 놀랐다. 황아장수에게 들었던 이름과 똑같았기 때문이다. 파장한 지 이미 오래된 장터엔 지나는 사람 없이 적막감만 감돌았다. 가끔 빈 하늘을 보고 짖는 개와 목청 트르고 밤늦도록 울어대는 어린 수탉만이 이슥한 저녁임을 알렸다. 한참 만에 보퉁이 하나를 끼고 돌아온 술집 주모는 지긋한 눈으로 현을 바라보았다. 주모의 눈엔 회한과 안도와 아쉬움, 미련 등의 종작 할 수 없는 야릇한 표정이 서렸다.

춤이 대금을 맺다

"총각, 내 부탁 하나 함세. 내게 대금 한 번 불어 주게. 내 자네의 소리에 맞춰 춤 한번 추고 싶네. 부탁함세."
간절한 눈빛으로 대금을 청한 주모는 술집 앞 휑뎅그렁한 앞마당으로 내려섰다. 담이 좋은 부드러운 머리카락을 야무지게 묶었다. 현은 그런 주모의 뒤태를 아무 생각 없이 바라보았다. 현의 눈길에 벗어남 없이 완연한 달빛 아래 자태 고운 한 여인의 그림자가 땅에 가만히 멈춰 섰다. 이윽고 그림자가 스르르 움직이며 학의 머리를 닮은 손끝이 짧게 꺾였다. 치마 안으로 부끄러운 듯 숨은 버선코가 앞을 살짝 들어 미끄러지듯 앞으로 나서자 몸 전체가 허공에 뜬 것처럼 욜량 가벼이 돌았다. 달빛을 업고 한쪽 발을 살짝 들어 멈춰 섰을 때는 고요가 몸서리칠 정도였다. 한 손을 젖히고 뱅그르르 돌 때는 주변 공기가 따뜻해질 정도로 환희가 가득했다.

애월은 나타낼 수 있는 모든 희로애락을 춤에 담았다. 번뇌 가득한 인생의 허망한 인연도, 욕망 가득한 인생의 덧없음도 춤으로 나타냈다. 현은 그런 애월의 춤에 숨이 턱 막혔다. 대금을 입 가까이 대긴 했으나 애월의 춤이 정靜할 때 손가락이 굳어져 움직일 수 없었고, 동動할 때 아래로부터 끌어 올려야 할 기운이 달아났다. 넓은 하늘을 그리는 손짓과 땅을 향한 그리움이 밴 외씨버선을 보면서 아무것도 할 수 없는 무력감을 느꼈다. 그래도 애월은 현을 다그치지 않고 춤을 추었다.

현은 가만히 눈을 감았다. 노기 띤 스승 죽음의 얼굴이 떠올랐고, 망초꽃을 한 아름 쥔 금의 얼굴이 떠올랐다. 총 맞아 쓰러진 어머니와 알 수 없는 산을 넘으며 이를 악 문 아버지를 보았다.

아랫배로 따뜻한 온기가 돌자 그제야 가녀린 소리가 새어 나왔다. 애월의 춤이 정할 때는 대금 소리도 잦았다. 애월이 커다란 동작을 한바탕 뿌릴 때는 대금도 따라 청이 찢어져라 짱!짱!댔다. 그러나 춤과 소리가 하나로 맺자 애월이 정할 때 비친 슬픔을 대금은 동의 기쁨으로 크게 불렀다. 하늘을 장막 삼고 땅을 거적 삼은 둘은 이제 거칠 것이 없었다. 춤이 소리를 이끌다가도 문득 돌아보면 소리가 춤을 끌고 다녔다. 그렇게 어깨에 찬 공기가 내려도 무아에 빠진 현은 대금을 끝내 붙들고 있었다. 손마디가 저렸다. 손목이 부었다. 손톱 사이로 피멍이 스며들었다. 목젖으론 침도 넘어가지 않았다. 대금을 양 무릎에 놓자 어깨가 푹 꺾이고 고개가 자연스레 떨어졌다. 애월은 그런 현에게 다가가 가만히 어깨를 쓸었다. 어머니의 따뜻한 손길이었다. 현은 모로 눕고 말았다.

 문설주 틈으로 하얀 햇귀가 들어선 한참 만에 누군가 깨어서 일어나보니 꽤 명망 있는 권번에 소속된 유명한 기방에 자신이 누워있는 것을 발견하였다.

 "총각 일어났소?"

 수기생쯤 돼 보이는 여인이 부르는 소릴 듣고 자리를 털고 일어선 현에게,

 "애월 언니가 총각을 신신당부하더라고. 아침 조반이나 제대로 떠멕여 보내라고."

 "그럼, 어제 그 주모는 어디로 갔소?"

 "글쎄? 이제 원을 풀었다 합디다. 응어리진 원. 남은 회한도 미련도 총각의 대금 소리를 들으니 사라졌다면서 한 사내에 대한 미안함, 핏줄에 대한 그리움도 봄눈 녹듯 모두 사라졌다 하더이다. 자기 생전에 이렇게 마음을 훌훌 털어 본 적도 처음이려니와 아마 마지막일 거라면서 이제 갈 길 갈 수 있다 하더이다. 어제 춤은 언니가 한 번도 밖의 그 누구에게도 보여준 적 없는 승무였소. 그 승무를 총각을 앞에 두고 왜 췄겠소? 절로 들어간다고 하니 총각하고의 인연이 속세의 마지막 인연인 갑소."

 수기생은 애월에 대한 사연을 어느 정도 알고 있다는 듯 갈쌍한 눈물을 훔쳐내며 어제 애월이 끼고 왔던 보퉁이를 현에게 내려놓았다.

 "끌러보우. 에미가 시집갈 딸에게나 챙겨줄 법한 패물이 들어 있을 성

싶은데. 그렇게 오매불망 그리워하던 딸자식을 찾았으니 주는 게 아니겄소. 그것도 총각한테 줬을 때는 다 이유가 있겄지라. 천생 팔자 눌은밥이라고 어느 에미인들 지 자석 고생하는 꼴 보려 하겄소. 마, 간난신고 속에서도 한푼 두푼 모아 장만한 패물 같으니 세상 금 모르는 총각에게 맡긴 것은 잘살아 보란 뜻 아니겄소. 보아하니 총각이 정성 들여 만든 대금을 놀금으로 팔 생각으로 예까지 들고나온 걸 보면 고작 죽절비녀로 쪽이나 틀어줄 것 같은디. 금비녀, 옥비녀, 나비잠, 연봉잠을 바리바리 싸준 건 내 딸 잘 봐달라고 부탁하는 어미 마음 아니겄소."

현은 얼굴이 화끈거리면서도 언제 어떻게 이 모든 것을 애월이 알고 있었는지 궁금했다.

애월이 여기까지 흘러들어 온 것은 결코 우연이 아니었다. 송 갑부 댁 큰 마님은 천한 기생이 송씨 문중과 살 붙였다는 자체를 무척 싫어했던 터였고, 거기다 애까지 가졌다는 사실을 알면 사람을 풀어 어떻게든 요절낼 게 뻔했다. 도망을 가지 않으면 안 되는 궁색한 처지에 그간 흠애하던 장천평에게 애를 맡긴 거였다. 소리로서 마음을 주고받던 연인 장천평은 핏덩이를 안아 들고 그렇게 사랑하던 여인을 마지못해 떠나보냈고, 여인은 마지막 심정으로 애를 보러 숱한 세월을 참고 견디며 예까지 온 것이었다. 먼발치서 금이 장천평을 아버지로 여기며 따르고 사는 모습을 지켜보면서 일견 맘이 놓이면서도 현을 그간 유심히 지켜봐 왔다. 인연이 되면 만날 수 있으려니 하는 마음에 죽음과 가까운 순천에 술집을 열고 이제나저제나 기다리던 차에 정말로 현을 보게 되었다. 대금을 부는 현의 모습에서 장천평이를 보았으며, 장천평이 아들같이 키운 자식이니 어련할까 싶어

금을 맡겨도 괜찮으리란 생각에 회자정리란 삶의 연을 모두 놓고 절로 들어갔다. 그런 애월의 행방을 쫓아 몇 날을 돌아다닌 현은 날강목친 빈손으로 스승 죽음이 있는 곳으로 돌아왔으나 죽음은 현의 기방 출입을 오해하고 눈에 불똥이 튈 만큼 매몰차게 현을 대했다.

"예끼, 이놈! 겨우 고것밖에 안 되었더란 말이냐. 내 너를 그렇게밖에 안 가르쳤더란 말이냐. 한낱 저잣거리 쌀 몇 됫박에 맞바꿀 만큼 대금이 그리 똥간 막대기였더냐? 썩 나가거라. 더 보기 싫다."

가래 끓는 음성 뒤로 잔뜩 뼛성 묻은 말투가 대숲을 마구 흔들었다. 대들보가 흔들릴 만큼 방문 처닫는 소리가 컸다. 바랑 하나가 마당 가운데 툭 던져졌다. 현은 땅으로 스멀스멀 겨오는 찬 기운을 마다치 않고 머릴 조아려 무릎을 꿇었다. 어깨를 스치는 찬바람이 귀를 쩰 듯 날카로왔다. 당장이라도 요절낼 듯 분기탱천한 죽음은 현이 보는 앞에서 모든 대금을 깡그리 모아 도끼로 찍었고, 아궁이 속에 집어넣어 태워 버렸다. 금도 현 옆에 무릎 꿇고 용서를 구했으나 한번 외로 튼 죽음의 마음을 돌이키진 못했다. 현은 금에게 애월에 대한 얘기를 해주고 집을 떠났다.

Ⅲ. 넋두리

저잣거리 삶들

"대체 무슨 일이댜. 또 세상이 뒤바뀐 겨?"
 세상의 수상함을 사람들은 작은 소리로 수군거렸고, 낮은 소리로 얘기하는 세상은 자기편이 아니라는 걸 사람들은 직감적으로 알았다. 세상을 의심 가득한 눈초리로 바라보았다. 술집 어디든 세상 돌아가는 소리를 빠짐없이 하는데도 큰소리로 하는 법이 없었다. 라디오에선 역사의 정통성을 세우기 위해 일으킨 위대한 구국혁명과 함께 할 인물을 찾는다면서, 새 시대 민족중흥을 위해 몸 바칠 전국 각지의 예술인들을 찾는다는 방송을 쉴 새 없이 내보냈다.
 "뭣여, 예술인? 이승만 때 전통 악잽이들 죄다 미신 굿판쟁이로 몰아넣고 숨통까지 끊어 놓은 마당에 예술인들을 모집한다고라? 허, 참. 당최 믿을 수가 있어야제. 결국 누구 좋은 일 시키는 거 아녀. 장군님어천가 부르라는 거 아녀."
 "아니, 이봐. 좀 조용히 혀. 세상이 우리 쪽으로 바뀐 게 아니랑께. 쥐도 새도 모르게 잡혀가 치도곤 당할지 모르니 좀 조용히 하드라고."
 "사실 말이 나왔응께, 일본 놈 밑에서 거, 신나게 꽹과리, 북 한번 못 두

드려 본 것을, 해방되자 시원하게 두드려 볼기라고 별렀더만, 귀신 부른다고 또 막아부렸잖여. 아니, 논밭에서 북치고 장구치면 벼 이삭도 잘 패는디. 나랏님은 백성을 굶기지 않게 하겠다면서 왜 그런 사실을 모른당가."

사람들의 수군거림을 뒤로하고 현은 차에 올랐다. 어떤 목적지도 정해 놓지 않고 발걸음이 멈추는 곳 어디면 내려서 걷고 발걸음이 가는 곳 어디면 머물 생각이었다. 그렇게 아침나절을 훌쩍 보낸 오후 들어서서 도착한 곳이 굽이굽이 천 리 길을 돈다는 섬진강을 낀 하동마을이었다. 흙먼지 풀풀 풍기는 사두재를 넘어 햇발 엷어져서야 도착한 곳이 화개장터였다. 마침 장날이어서 중닭 병아리들을 어리에 넣고 파는 시골 촌부와 작은 망치로 구멍 난 솥을 두드리며 제물땜하는 솥 장수, 각종 말린 산나물을 널어 파는 아낙네의 들레는 소리가 시끌벅적했다. 한편에선 재어 놓은 시우쇠를 불구덩이에 집어넣고 벌겋게 성냥질한 쇳덩이를 끄집어내어 두들기는 대장간이 있었다. 모루 위에 오른 그 쇠를 두들길 때마다 자그마한 불똥이 쇠메를 피해 밖으로 튀었다. 콩알만 한 검버섯을 얼굴에 잔뜩 두른 한 노인이 팔을 재게 놀릴 때마다 자잘한 근육이 실룩댔다. 그러나 노인의 눈길은 사뭇 진지했다. 소 혀처럼 말아 오른 쇠를 반듯하게 펴고는 소탕에 담갔다가 빼내어 허연 김이 사라지기도 전에 또다시 두들기는데, 그때마다 소리가 달랐다. 처음 시뻘건 쇠를 쇠메로 내려쳤을 때 듣던 퍽퍽 소리는 소탕물에 들어갔다 나온 뒤엔 땅땅 소리로 변했다. 모루를 앞에 두고 내려치는 쇠메 소리가 얼핏 단조로운 듯했지만, 재차 쇠를 두들겨 담금과 뜨임을 반복하면서 내려치는 쇠메에 닿는 쇳소리는 처음 느릴 땐 연하다가도 빠르게 칠 땐 그 소리가 자못 갱연했다. 소리 가운데 사람 목소리를 최고로 하여 대나무 소리, 실 잦는 소리를 순서로 돌과 쇠의 부딪는 소리를 가장 아래로 놓지만 지금 이것보다 더 극적이고 아름다운 소리는 없을 듯하였다. 현은 그 소리를 한참 동안 듣고 자리를 떴다. 배 속 주린 창자는 밥 달라 요동쳤지만, 땡전 한 푼 없이 달랑 대금만 매고 온 현이었기에 하릴없이 장바닥을 돌며 흙먼지만 들이켰다. 그런 장마당 한 편에선 서너 사람이 자리 잡고 한 곳을 바라보고 서 있었다.

"잡쉬봐, 잡쉬봐. 이거로 말할 거 같으면 명약 중의 명약. 천 년 묵은 산삼 뿌랭이와 백 년 묵은 여우 꽁댕이 잘라 만든 천하 없는 명약. 자, 자. 아침 거시기 서지 않는 남자랑 얘기도 말랬어. 아침 거시기 서지 않는 남자. 자, 이 약 한방이면 여편네 아침 밥상이 달라져. 아지메, 아지메. 훔쳐만 보지 말고 이 약 냄편에게 멕여 봐. 스무 살에 낳은 놈 불효. 마흔 살에 낳은 놈 효도가 바로 이 약에 있어. 만사형통 만병통치. 자, 자. 애덜은 가고."

풍각쟁이 약장수가 등에 메단 북을 발로 끈을 당겨치며 짙누런 약병을 흔들어 댔다. 사람들은 게처럼 모로 서서 흘끔 눈길을 줄 뿐 천하 없는 명약이라 떠들어 대는 약장수 앞으로 나서서 약을 사려 하진 않았다. 목울대를 꾹 누르고 소리치는 약장수의 굵은 음성과 그 소리에 맞춘, 박자를 척척 두들겨 내는 북소리에 외려 사람들은 더 반응했다. 그런 사람들의 표정을 실큼한 표정으로 보는 약장수의 목소리가 살짝 잦아들 참에 짤그락 쩍쩍, 짤강 짤강 소리를 내며 엿장수 하나가 사람들 앞으로 나섰다.

"엿 사시오, 엿 사. 강원도 옥수수엿, 충청도 무엿, 경상도 강냉이엿, 전라도 고구마엿, 울릉도 호박엿, 둘이 먹다 하나 죽어도 모를 맛. 자, 받아 받아. 고무신 떨어진 거, 솥단지 깨진 거, 냄비 구멍 난 거, 머리털, 족제비털 다 받아."

 엿장수의 엿 단 쇳소리가 끊어질 리 만무하게 길게 이어질 즈음 뱁새눈으로 이 광경을 홉뜰 치뜨고 노려보는 약장수는 냅다 소리를 질렀다.

 "야, 이 시러배 잡놈아. 근본도 없는 엿장수 주제에 상두집 권주가도 유분수지. 어따 예서 허락 없는 장사질여. 후레 쌍놈의 행짜 거두고 썩 꺼지지 못혀."

 "뭐여. 시방. 내보고 욕했다냐. 너가 뭐간디 장사하라 말랑겨. 꽃이 있으니 벌 나비 날아드는 건 당연하고, 무당 떡 본 김에 굿 좀 하겠다는데. 너가 뭣이라고 가라 마라 혀. 이 시불놈아."

 "허, 이놈 보세. 임금님 행차 길 닦아놨더니 개새끼 똥오줌 갈겨 대드라고. 지금 니가 하는 꼴이 그 꼴여."

 서로를 향해 악장치던 두 사람은 당장 줄통뽑고 싸울 태세였지만 약장수는 등에 얼러 맨 북 때문에 머뭇거렸고, 엿장수는 엿 목판이 엎어질까봐 움찔거렸다. 어느 정도 거리를 유지하며 쌍놈, 만고 잡놈, 오사리 잡놈, 초친놈, 후레놈 하며 욕만 해대었다. 이것을 보다 못한 현이 나섰다.

 "어이, 여보슈들. 아무것도 아닌 일 가지고 싸운들 서로 입만 아프지 않소. 세상사 제일 구경이 쌈 구경이라, 그 구경 보러 저렇게 사람들이 아까보다 곱절 많이 모인 것 보이요. 이참에 장사해 보는 게 어떻소. 도랑 치고 가재 잡고, 님도 보고 뽕도 따고, 낙엽 쓸고 엽전 줍고. 이 좋은 기회 놓치지 말고 자, 자 장사 함 해봅시다."

 난데없이 나타난 현의 이치 타당한 말에 약장수와 엿장수는 서로의 얼굴을 잠시 쳐다보더니 약장수가 먼저 운을 떼었다.

대금 소리 **49**

"자, 이 약으로 말할 것 같으면 낮인지 밤인지 모르게 사흘 밤낮을 뒤엉킨 뱀 잡아 곤, 그야말로 천하 명약. 밤이 무서워 달구새끼 홰치기만 기다리는 아저씨, 기운 쇠한 아저씨의 거시기가 불뚝 서기만을 기다리는 아줌씨. 이 약 한번 먹어 봐. 골골 불로초가 뭣여. 하루를 살더라도 펄펄 절륜약이 최고제."

이런 약장수의 빠른 입놀림에 뒤이어 엿장수가 약장수와 다른 목소리와 박자로 엿 단 쇠 타령을 읊었다.

"자아, 엿이요. 두 놈 먹다 한 놈 뒈져도 모를 맛. 빳빳하게 선 가래 엿은 아줌씨 것. 흐물흐물 녹은 물엿은 아저씨 것. 깨진 솥단지, 놋숟가락, 머리카락, 족제비털 다 받아요."

약장수와 엿장수의 볼만한 타령에 사람들이 꽤 모여들었다. 신이 난 엿장수는 "헌신, 새신, 흰신, 깜장신, 이신, 저신"이란 말을 할 땐 오금을 접었다 폈다 하며 끌을 대고 판데기 엿을 똑똑 끊어 떼어내는데, 이어 "병신, 등신, 귀신"을 말하자 기다렸다는 듯 약장수는 북을 치면서 "빼고 빼고"란 추임새를 넣었다. 거기다 "머리털, 족제비털, 토끼털, 염생이털, 자지털 빼고, 고무신 구멍 난 거, 냄비 구멍 난 거, 솥단지 구멍 난 거, 여자구멍 난 거 빼고"를 연발한 엿장수와 약장수는 장단과 가락에 농을 섞어 육담 타령을 걸쭉하게 한바탕 펼쳤다. 그 둘은 누가 먼저랄 것 없이 앞서거니 뒤서거니 하면서 타령으로 장바닥을 휘어잡았다. 허연 분가루와 엿부스러기만 남은 엿판을 들고선 엿장수와 약병을 모두 팔아 치운 약장수의 얼굴은 상기되어 벌겋게 익었다.

"어이, 젊은이. 오늘 기마이 대빵 좋네. 내 자네에게 성애술 한턱 거나

하게 냄세."

두 장수는 현을 불러 세워 먼저 한턱내겠다고 야단을 부렸다.

"주모, 주모 있소! 허구한 날 술집 비워놓고 어데 간 게야. 샛서방 만나러 갔나. 기둥서방 안방에 죽치고 있어 못 나오나, 어델 간 게야."

약장수의 이죽거리는 말을 더는 못 참겠던지 술집 주렴 발을 거칠게 밀치고 들어선 주모는 냉기 찬 눈빛을 약장수에게 쏘았다.

"어이, 그려. 신대가리라고 달고 있는 건 힘없이 늘어선 오뉴월 쇠부랄인디 말투 하난 말재기 찜쪄먹겠어. 니가 내 샛서방에게 샐닢 한 푼 줘봤냐, 기둥서방에게 초친 막걸리라도 한 대접 드려봤냐?"

"어이, 주모답지 않게 왜 그려. 내 없응께 아쉬워서 그라나. 술 삼 년에 엉덩이 퍼진 거 보이 사내가 그리웠던가 벼."

"이 시불 놈이, 물장수 삼 년에 느 건 너 같은 사색잡놈 때문에 욕밖에 안 늘었어. 뭐 시킬껴." 는실난실 굴어대는 약장수를 주모는 자빡 무질러 버렸다.

"이러질 말어. 오늘은 기마이 대빵이니께. 이거 보라구 두둑하잖여. 내 대물 같잖여." 약장수는 허리에 찬 전대를 툭툭 쳐 보였다.

"흐미, 미친 것. 지랄도 풍년이라드만. 어느 년 복 터지게 생겼구먼. 술에 빠진 건 건져도 계집년 치마폭에 빠진 건 못 건진다드만. 이년 저년 쑤시고 댕기다간 말년에 오뉴월 말 좆 터지듯 할 껴."

"이거 있잖여, 이거."

약장수는 약병을 들여 보였다.

"이런 순 야바위꾼. 그것 먹었다간 신대가리 귀신 젯밥으로 그날 제상에 올려지는 거여 알어?"

 탁자 훔친 행주를 꽉 쥔 채 종주먹을 내보이며 현과 엿장수에게 조심하라 일렀다. 주모의 말에 현과 엿장수는 서로의 얼굴을 번갈아 보았다.

 "아니, 근디 이 총각은 뉘여? 첨 보는 얼굴인디."

 그제야 주모는 현의 얼굴을 빤히 내려다보았다.

 "아, 인사혀. 오늘 장터 마당에 돈쭝이나 만지게 해준 양반여. 씻어 놓은 배춧속 모양 미추름한 것이 한창 동생 같은디, 맞쟈? 동상, 근디 이름이 뭐당가?"

 약장수의 질문은 계속 이어졌다.

 "근디 말여 이곳 사람은 아닌 것 같은디, 어디서 왔어?"

 "순천에서 왔습니다."

 "어, 순천."

 "뭣 한다고 예까지 왔소?"

 약장수의 스무고개 같은 질문을 도중에 싹둑 자르며 주모가 말했다.

 "그냥 발부리 놓는 곳을 따라 길을 다닙니다."

 "거, 뭐. 좋은 말로 나그네구먼. 시국이 하 요란한디. 그래다 잽혀가면 어쩔라고. 근디 그 뒤에 매여 있는 건 뭣이당가?"

 "대금입니다."

 "대금? 이렇게 부는 거 말여?"

 주모는 다소 뜻밖이란 표정으로 현을 보면서 행주를 가로로 죽 펴서 대금 부는 흉내를 내었다.

 "어이, 주모. 지금 뭐하는 거여. 코털도 안 자란 숫접은 총각 어떻게 해

보겠다는 거여 뭐여. 거섶안주라도 갖다줘야 할 거 아녀."

"아, 참 내 정신 좀 봐라. 알았당께. 하도 닮아서. 그 냥반도 대금 좀 불고, 대나무로 별의별 것을 다 만들었는디."

주모의 이 말을 놓치지 않은 현은 정신없이 술상을 챙기는 주모를 유심히 보았다.

"꽃은 반개가 좋고, 술은 반취가 좋고, 주모는 반추가 좋다. 주객은 청탁불고요 오입쟁이는 미추불고."

몇 순배 돈 술에 혀 꼬인 소리로 주모를 붙들어 수작하던 약장수는, 주모를 끌어당겼다.

"총각, 이 사람 이러는 거 이해하슈. 세상 하도 험한 꼴을 봐놔서 술 아니면 제정신으로 못 살 사람이라서 그러우. 산 동무들 내버려 두고 저 혼자 살겠다고 도망쳐 와 숨어 살며 저래 한이 맺혔다우."

"어이, 동상. 내 술타령 노래하나 들어보려나."

박주나 한잔 들고 가보세
어허! 유주 금수강산이요, 무주 적막강산이라
술 있으면 금수강산이요, 없으면 쓸쓸한 적막강산이라
일월 설날 세주 '도소주'는 님의 마음 도둑질하는 술
이월 정월 대보름 '귀밝이 주'는 님의 귀에 내 사랑 바치는 술
삼월 삼짇날 '두견주'는 님 떠날까 두고 잡아먹는 술
사월 청명 '살구주'는 님의 살 그리워서 먹는 술
오월 단오 '청포주'는 님의 청상 들추어 먹는 술

유월 '유두주'는 님의 젖꼭지 흠빨고 먹는 술
팔월 한가위 '동동주'는 님 배 위에 동동 내 배 띄워 먹는 술
구월 중앙절 '국화주'는 님의 국부 훔치며 먹는 술
십이월 동빙한설 '구들장주'는 님 궁둥이 두들기며 먹는 술

술타령을 다 끝마치지 못하고 약장수는 탁자에 그대로 쓰러져 잠들었다.
"총각. 거, 등 뒤에 맨 거 대금이라 했제. 그려. 내 넋두리 한번 풀어볼 랑께 난중 재미지면 대금으로 반주 좀 맞차주소 잉. 한참 오래전 일이여. 그 냥반 대나무 가지고 못 만드는 게 없었지. 내가 물장사만 20년째여. 10여 년 전 처음 물장사를 시작한 곳이 구례 문척면이란 곳이었지. 지리산을 낀 위로는 그 전쟁 통에도 해를 입지 않은 화엄사란 절이 있고, 내 술집 멀지 않은 곳엔 사성암이라고 하는 절이 깎아지른 절벽에 위태하게 서 있었지. 서로 죽고 죽이자고 하는 아귀 같은 난리통인데도 산목숨들은 그래도 부처님 믿을 건덕지가 남아있는가, 매일 같이 치성드리러 오드만. 그 냥반은 구례 쪽 사성암을 둔 오산을 자주 오르내렸어. 아마 산으로 지고 나를 물건을 물색했겠지. 그 냥반 그렇게 배고팠으면서도 시주 공양미는 차마 안 건딜데. 찰가난을 벗어나기 힘든 이 어려운 상황 속에서도 부처님 면전에 회양 보시하겠다고 등 굽은 노인들 정성을 이만저만한 눈으로 보지 않았지. 식량하고 생필품 확보가 아무리 급해도 인민의 마음에 상처를 내는 것은 그들이 목적하는 인민해방에 득 되지 않는다고 하더라고. 부처님도 무심하시지. 베풀 자비심일랑 접고 전쟁 일으킨 각다귀 같은 인간들이나 지옥에 빠뜨려주면 을매나 고맙겠나 그려. 우리 같은 중생

들 그래도 살아야겠기에 이 일 저 일, 진일 궂은 일 가릴 처지가 아녔지. 어느 날 땅거미가 짙은 저녁 돼서 한 사내가 들어오더라고. 여유를 부린다고 해도 사방을 경계하는 눈빛은 물장사 10년에 눈치코치 빤한 내가 그가 어떤 사람이란 걸 모를 리 없지. 행색이 그리 나빠 보이지 않았지만, 신발이라고 몇 해를 신은 고무신인지 몰라도, 헝겊으로 잇고 덧댄 자국이 거진 움막 거지 저리 가라였당께. 한눈에 봐도 산 사람이란 걸 대번에 알겠더라고. 여순 사태 때 구례 봉성산 싸움에서 패해 산으로 도망친 순천 사람들 대부분이 백운산에서 은거하다가 사정이 여의치 않자 지리산으로 들어갔잖여. 그들이 어디에 사는지 뭘 하는지는 알 순 없지만, 그들이 흔히 말하는 보투란 걸 하려고 한 번씩 나오고 그랬어. 나올 때마다 종이 쪼가리를 한 장 쥐여 주는데 뭐, 진정한 조국 해방이 이뤄지면 이게 진짜 돈이 된다나. 애가 코웃음 칠 일이제. 눈치 빤한 사람은 알고 있었어. 산 사람들이 더 이상 가망 없단 것을. 근디 난 꼬박꼬박 받았어. 애당초 밑도 끝도 없는 말이지만 그거라도 받아야 날 새면 이슬같이 사라져 버릴 불쌍한 사람들, 그래도 믿는 사람 '예 있소' 해야 그 사람들도 사는 맛 나는 거 아니것소. 근디, 그 양반도 그걸 알면서 주긴 주는디, 올 때마다 뭘 하나씩 들고 오는 거여. 그 딴에도 종이 쪼가리 하나로는 미안했던가 숟가락, 젓가락, 그것들을 담는 통, 밥그릇, 광주리, 키, 함. 심지어는 죽부인. 나무로 만들 수 있는 것은 뭐든지 가져오는 거야. 솜씨 하난 좋드만. 어데 하나 버릴 것 없이 단단하고 야무지고 거기다 보기도 좋고. 여튼 그 냥반 솜씨 참 좋았어. 대나무로 못 만드는 게 없었당께. 그런 양반이 산에서 쓸 필요한 것들을 내게 부탁하곤 했지. 고거이 얼마나 위험한지 그도 잘 아닝께 내색은 안 혀도 살뜰히 챙겨준다는 걸 나는 알았제. 귀대면 다 들릴 촌구석인지라 많은 물건을 못 사준 게 맴이 쪽간하게 영 걸쩍지근했사도 그래도 많이 샀다간 필시 의심받고 들키닝께. 그날은 일부러 여서 아주 먼 순천까지 갔당께. 그 냥반 신발 사러 말여. 이곳 가까운 데서 사면 분명 의심받을 게 뻔혀서 아주 멀리 갔제. 한적한 장터 구석진 곳을 골라 신발을 꾹꾹 지르잡고 밑살 근처에 바짝 땡겨 쩌 매서는, 행여 누가 볼세라 논둑 길만 찾아서 걷는디, 참 내가 봐도 헛웃음이 나오더라고. 사내놈이 뭐라고. 벌써 내 맴이 그 냥반께로 간 것을 달도 알았는지 그날따라 유난히 밝데. 서둘러 집에 온께로 그 냥반이 먼 산 바라보고 앉아 있는 거여. 오메, 내하고 살 붙여 살아 본 적도 없는 양반인데 을매나 반갑던지 눈물이 왈칵 쏟아질라 하더쿠만."

밑살에 쓸린 신발

산 사람들에게 겨울은 최악이었다. 겨울을 용케 견디었다 해도 의복과 식량 등 생필품 조달이 갈수록 힘들어졌다. 더 이상 새 세상을 믿지 않는 사람들과 이런저런 일 때문에 산 중 이탈자가 계속 생겨났다. 이탈된 사람이 군경 앞잡이가 되어 그들을 쫓았다. 왜정시대와 하나 다를 것 없는 세상이 또 펼쳐진 것이다. 죽창은 구례읍 대말리 고갯길 한적한 곳에 자리 잡은 국밥집을 눈여겨 두었다. 객수심을 풀만 한 봉놋방 하나 제대로 없는 국밥집이었다. 국밥집에서 얼요기를 하고 떠나려던 죽창은 한쪽 들

손이 깨어져 나간 자배기의 개숫물을 부시는 주모에게 눈길을 두었다.
"허허, 쟁기도 잡좆이라고 있어서 들거나 돌릴 때 꽉 움켜쥐고 써먹는디, 어찌 자배기는 크긴 한데 맞춤할 잡좆 하나 없더냐?"
"어떤 졸토뱅이가 남 일에 홍야항야 하남. 있는 호래비좆 덧방만 잘만 누르는디. 누르지도 못할 게 갖좆 타령만 하네."
"허허, 그 참, 말 버슴새 한번 흠실 흠실 하오."
"어디서 없는 중놈이 먹지도 않은 술주정여. 내닫긴 주막집 강아지 맨코로 함부로 참견 말고 가던 길 가쇼."
에멜무지로 더 몇 마디를 던진 죽창은 지지 않고 따박따박 말대꾸하는 주모를 구슬려서 깨진 자배기를 새끼줄로 미사리처럼 엮어 단단하게 동였다. 거기다 자배기 들손까지 만들어 주었다.
"써보쇼 잉. 불편하진 않을 것이요."
놀란 표정을 얼굴에 담뿍 담아내며 주모는 부엌으로 가더니 개다리소반에 술상을 받쳐 들고나왔다.
"팬스레 딴 맘 품지 마쇼. 물장사 십여 년에 외상한다고 엄대 긋는 놈 다리 몇 몽뎅이 부려졌당게."
죽창은 주모가 잊을 만하면 찾아와서 모탕 위에 놓인 장작을 패주거나, 거멀장을 쳐서 삐걱거리는 마루를 고쳐주거나, 대나무를 써서 다래끼를 만들어 주기도 하며 정을 쌓았다.
"비둘기는 날아도 콩밭을 못 잊는 법이라고 나 왔당게."
"오메, 왔소 잉. 부탁한 거 준비해놨응게 가져가쇼. 요즘 눈 부라리고 감시하는 눈 많응게 조심하쇼 잉."

"그건 내 할 소리요. 선묘댁."

"으메, 선묘가 뭐라요? 내사하고 안 어울리는디."

죽창은 주모에게 마땅히 부를 만한 것을 곰곰이 생각하다가 사성암 절 뒤에 가면 엄장 큰 바위가 있던 것을 생각해내었다. 의상대사를 지켜준 여인인 선묘를 따서 그 바위 이름을 선묘 바위라 스스로 짓고는 국밥집 주모에게 그대로 선묘댁이란 이름으로 지어 불렀다.

깨 엉겨 붙은 얼굴에 손티 자국도 있는, 요모조모 뜯어봐도 남자를 홀릴만한 구석이라곤 하나 없던 주모가 선묘라는 이름을 영 어색해하면서도 죽창이 불러 주면 흐무뭇한 표정을 지었다.

"선묘댁. 어데 댕겨오요."

"으따, 날 기다렸소. 여태껏 곰배팔이 남정네도 나를 한 번도 기다려 준 적 없는디. 이거이 꿈은 아닌 것지라."

농짓 말투를 섞은 선묘댁이 뱅시레 웃었다.

"배고프지라. 내 얼릉 밥 앉힐게라. 잠시만 앉아계쇼 잉."

앉았던 자리를 차고 일어나려던 선묘댁은 그만 자리에 풀썩 주저앉고 말았다. 종이와 잉크 등 산 사람에게 줄 물건을 잔뜩 긴장하면서 가져왔던 나머지 그 긴장감이 한순간 무너지면서 다리에 맥이 풀렸고, 가져올 땐 몰랐던 치마 속 허벅지 다리살 아픔에 선묘댁이 주저앉았다.

"아니, 왜 그려."

죽창은 다급하게 손을 뻗어 선묘댁을 붙들었다.

"아, 아니랑께요. 괜찮구만요. 잠깐 돌아앉아 보쇼이. 당신께 줄 것이 있구만요."

"뭔데 그려. 털썩 주저앉은 당신이 이 상황에 뭘 준다 그려."

약간 상기된 얼굴로 웃음을 띤 선묘댁의 말에 죽창은 등을 보이며 돌아앉았다.

"자, 이것."

선묘댁이 내민 건 앞코와 뒷굽까지 고무로 두르고, 발싸개 부분은 검은색 천 재질로 복사뼈까지 올려 만든 신발이었다. 발등 중앙을 끈으로 묶는 국방군들이 주로 신는 전투화였다. 죽창은 눈이 휘둥그레졌다. 벌어진 입을 다물지 못했다. 신발도 신발이려니와 이 신발을 구하기 위해 위험을 무릅쓰고 먼 길을 다녀온 그녀의 마음 씀씀이에 죽창은 자신의 심정을 표현할 수 있다면 가슴을 도려내서라도 내보이고 싶었다. 부족한 무기와 식량도 앞선 큰 문제였지만 지난겨울을 어떻게 용케 살아남았는지 서로들 의아해할 정도로 최악의 상황을 겪은 터였다. 특히 찢어진 고무신을 천으로 이어 덧대 신은 사람과 공장에서 급하게 도망쳐 나왔는지 다 헤진 지까다비를 신은 사람, 그도 없이 짚신 위에 광목천을 말아 신발 대용으로 신은 사람은 눈밭을 뒹굴고 달릴 때 걸린 동상은 산 사람들에겐 전투의지를 상실하는 건 물론 생명을 위협하는 최악 상황까지 몰고 갔다. 동상으로 발가락을 자른 사람은 전투에 동원되어 그런대로 싸웠다. 그러나 썩어 발목까지 절단한 사람은 차라리 적들 눈에 띄어 후송되길 바라는 마음에서 비트에 남겨 놓고 다음 목적지로 이동해 다녔지만 결국 추워서 죽고, 굶어서 죽고, 총 맞아 죽는 게 다반사였다. 그만큼 신발은 산 사람들에겐 없어선 안 될 목숨처럼 귀한 것이었고, 적들에게 빼앗은 물건 중 총 다음으로 가장 중요한 것이었다. 그렇게 노획한 신발도 간부들 우선순으로 돌아가는 바람에 죽창같이 나이 많고 계급 낮은 사람에겐 돌아올 차례가 없었다. 이러한 산 사람들의 상황을 알아챈 군경들은 읍내 장터 신발 가게를 특별 관리 대상으로 삼아 신발을 사 간 자의 신원을 캐묻기 바빴고, 신발 사 간 자의 뒤를 밟아 검문하여 신발이 다량으로 나오면 무조건 끌고 갔다. 빨치산들의 정보를 담당하거나 지도부의 지령을 받아 전해주는 레포의 선을 곧잘 끊어버리는 신발은 빨치산들에게 절대 필요한 물건이지만 한편 절대 꺼려야 할 물건이기도 했다. 이런 양면성을 띤 신발을 본 죽창은 흥분과 두려움, 고마움과 미안함 등 만감이 교차하면서 선묘댁의 손을 덥석 잡았다. 그러잖아도 일을 해냈다는 뿌듯함에 만면에 벅찬 감정이 올랐던 선묘댁은 죽창이 잡아 준 손에 깨 얼굴 가득 발그스르한 홍조가 피어올랐다. 죽창은 풍선처럼 달뜬 마음 들킨 것처럼 부끄러워하는 선묘댁의 손을 잡고 지그시 눌러 앉혔다. 선묘댁은 죽창에게 혹여 논다니 뜬 계집으로 비칠까 싶어 일어나려 했지만, 밑이 화끈거렸다.

"내, 다 알고 있다오. 산 생활 몇 년인데 그걸 모르겠소."

거점지를 책임진 여성 보투원들이 군경 토벌대의 눈을 피해 밑살 아래 물건을 묶고 다니거나 숨길만 한 작은 건 밑살 속에 집어넣기도 한다는 말을 동료 빨치산들에게 들었던 죽창이었다. 그 위험천만한 신발을 몸속 깊은 곳에 숨겨온 선묘댁에게 죽창은 울컥한 마음이 들었다. 그리곤 선묘댁을 꼭 안았다.

"음메, 이 냥반 왜 그란당가. 뭣 땜에 맘에 없는 짓 하요. 이녁이 좋아서 한 게 아니고 이녁이 불쌍혀서 그리 한 거인디, 팬스레 맴 홀리지 마쑈 잉."

선묘댁의 목소리는 떨렸다. 죽창은 거친 손으로 푼더분한 선묘댁 얼굴을 살포시 감쌌다. 겁 질린 마음 누르며 숨 가쁘게 달려왔을 선묘댁이었다. 그런 선묘댁을 의자에 앉힌 죽창은 버선발에 묻은 흙들을 조심스럽게 털고 버선을 벗겼다. 갸름한 오이씨 같은 발이 나왔다. 죽창은 밀반죽하듯 살며시 누르고 주물렀다. 그런 모습을 가만히 내려 본 선묘댁도 죽창의 머리를 자기 가슴으로 끌어당겨 안았다.

고요한 밤이었다. 퇴창에 찢긴 문풍지가 잠자리 날개처럼 떨었다. 죽창은 선묘댁을 누이고 치맛귀를 말아 올렸다. 둔부까지 올린 그 아래 고쟁이 속 안으로 내비친, 신발에 쓸려 깊게 난 상처가 보였다. 죽창은 눈물이 그렁했다. 보잘것없는 한 인간을 위해 목숨도 마다하지 않는 이 가녀린 여인에게 무한한 존경심이 들었다. 목숨을 지켜주리라 믿고 가지고 다녔던 '아까진끼'라는 빨간 약병을 꺼내 선묘댁 허벅지 안쪽에 조금씩 묻혔다. 선묘댁은 그런 죽창을 자기 가슴 위로 올렸다. 선묘댁의 봉긋이 솟은 젖무덤이 눈 안에 들어왔다.

"선묘댁. 내 임자에게 미안해서 할 말이 없구만."

"뭔 말이요 시방. 어디 이게 난전 장사하듯 한 거래요."

"아니 긍께. 당신 맴까지 뺏든 염치없는 놈이란 말여."

"낸 한 번도 그리 생각해 본 적 없으닝께, 몽환 같은 꿈만 꾸다 포말 같은 허무한 인생 님도 없이 인생 접어지나 했지요. 그짝 보닝께 인젠 살고 잡단 생각이 엄청 들으요."

"선묘댁. 내 이름 궁금하지 않나?"

"궁금하긴 해도 그짝 사람들끼리도 서로 이름을 안 밝힌다믄서요. 저도 알고 싶지 않구만이라. 내게 어떤 일이 벌어질지도 모르고. 내도 나를 장담할 수 없는 지경에 이르면 오메, 이 허망한 것. 그 짝과 함께한 이 꽃 꿈, 한순간에 사라져 버릴까, 고것이 두렵구만요."

그날 이후로 죽창은 선묘댁 국밥집에 한 번도 들르지 않았다. 선묘댁이 죽창에 관해 들은 소식은 이 엄중하고 엄혹한 시기에 일신의 감상에 젖어 임무를 게을리한 자란 비판을 받고 보투원에서 전투원으로 소속이 바뀌었다는 것만 들었다. 그러나 전쟁 나고 달포 가량 지났을 때 죽창은 여러 사람을 데리고 선묘댁 국밥집을 찾았다. 밀물처럼 밀고 내려온 북한 인민군이 온 마을을 접수하며 마을마다 인공기를 꽂고, 적색 완장을 찬 사람들이 도망 못 간 지주나 군경 가족들을 가려내고 있을 때였다. 여러 사람과 함께 선묘댁에 들른 죽창은 해방된 조국이 왔노라며 술을 먹고 노랠 불렀다. 혼자 오도카니 있는 선묘댁에게 다가간 죽창은 이번 전쟁은 쉽사리 끝나지 않고, 끝난다 해도 서로에게 향한 총질은 멈추지 않을 거라면서 국방군이 집결해 있는 부산이란 곳에 가란 말을 하였다.

어둠 수렁으로 빨려 들어가듯 산으로 들어간 죽창의 말에 따라 돈거리 될 만한 것들을 죄다 긁어서 선묘댁은 자릴 떴다.

보급투쟁

"죽창 동무. 이번 보투는 꽤나 멀리 가야 할거요. 이곳 배냇골 주변 경주, 청도, 언양, 밀양, 양산은 보투를 할 만큼 한 터라 인민들 민심도 썩 좋지 않고, 국방군들의 경계도 무척 삼엄하오. 이참에 적들 허를 찌르는 보투 장소를 부산으로 정했소."

동해 남부유격대로 조직을 재정비하고 신불산으로 남행한 죽창에게 이미 오래전부터 이곳을 맡아 활동하던 강동수란 자가 말하였다.

"이미 선을 대 놨으니 그저 물건을 가지고 오면 되오. 전투는 없고 신속하게 보투를 끝내는 것이 주어진 임무요. 경험 많고 나이 많은 죽창 동무가 선봉에 서서 이끌어 주시오. 여기 성연철과 이경애 동지가 함께할 것이요."

강동수가 말한 성연철이라 불리는 사내는 스무 살 안팎의 앳된 청년이었지만 투지가 남달라 열혈 빨치산으로 통했다. 천 미터 이상 고봉 준령을 두루 갖춘 이곳 산자락 한 줄기인 배냇골에서 태어났지만, 열 살도 안 된 나이에 탄광으로 끌려간 아버지를 찾겠다며 일본에 갔다가 해방되자 건너온 청년이었다. 빨치산에서 가장 중히 여기는 무산자 계급인 프롤레타리아 출신으로 당과 인민을 위한 헌신한 공로로 훈장을 몇 개나 받은 청년이었다.

이 청년에 비해 이경애란 여성은 경주에서 태어난 전형적인 인텔리 유산자 계급 출신이었다. 젊은 나이에 여맹위원장까지 올랐던 여성으로 전쟁이 일어난 그해 예비검속으로 군경에 쫓겨 이곳까지 흘러 들어왔다. 그런 이경애가 노랠 부르면 죽창은 피리로 반주를 맞췄다. 죽창의 솜씨 또한 대단했기 때문에 그 둘이 풀어놓는 음악 너름새는 산중 빨치산들의 전투의지를 더욱 고양했다. 러시아 혁명가를 부르는 이경애가 약간 오금 저린 상태로 한 손을 허리춤에 대고 땅을 구르며 돌 때는 죽창은 피리로 성난 소 울음 소리 내며 분위기를 잡았다. 그들이 내는 소리는 자연 인기 만점이었다.

긴장 상태에서 치른 전투는 그 폐해가 이만저만 아니었다. 빨치산 대원의 죽음과 함께 소조 단위의 부대가 붕괴하고, 나아가 조직 전체의 궤멸로 이어졌기 때문에 사령부는 전투를 쉬거나 이런 여유 시간에 즐기는 오락을 투쟁 일환으로 여겨 적극 권장하였다.

군경의 토벌 속에서도 어렵게 살아남은 죽창이 산에 들어온 지 여러 해가 넘었다. 인민군이 내려왔을 때는 정말 해방이 된 줄 알았고, 고향 갈 부푼 꿈에 한달음에 죽음에게 달려가 아들을 만나고 싶었다. 그렇게 만난 죽음에게 이젠 대금으로 무엇을 불러 줄 거냐고 물으며 만주벌판에서 독립군들이 부르던 노래를 개사한 '신불산 인민군가'를 죽창 자신이 신나게 불어 볼 참이었다.

바람 찬 눈 쌓인 신불산
적탄에 쓰러지는 내 동무
꿇어앉아 눈물로 이름 불러도
말없이 차게 식은 내 동무야
남아의 영별인가 슬픔이런가
승리 날을 앞당기어 싸워나가자
무산대중 두 주먹을 치켜들어라
빨치산의 끓는 피 삭히지 말고
승리 위해 이 깃발을 피로 물들여
승전가 높이 부르자

우리 강산 우리가 찾자

그러나 낙동강에서의 남북 대치 상황이 생각과 달리 오래갔고, 그만큼 시간을 번 미군이 인천을 치고 들어오자 오도 가도 못한 인민군들과 좌익 활동 전력자, 죽창과 같은 구빨치산들이 산으로 몰려들었다. 그 수가 2만 명이 넘었다. 처음엔 그 많은 병력에 고무되긴 했으나 지리한 전쟁을 힘들어하던 북이 미국과의 정전 협정으로 남쪽 빨치산들의 손을 놓자 빨치산들은 고립무원인 상태로 빠져들었다. 토벌대의 총구는 자연스레 산 중 투쟁을 하는 빨치산들에게 향했다. 그럴수록 식량과 무기 사정이 나빠졌고, 보투를 더 자주 나가야 했으며 위험에 노출되었다.

이탈자가 속속 생겨났다. 이탈하여 적들에게 투항한 빨치산들의 선무 방송은 산 중 투쟁을 벌이는 빨치산들의 심리를 위축시키기에 충분했다. 심지어 빨치산들의 은거 장소인 비트와 빨치산들의 비선 루트를 앞장서 찾아 토벌대들에게 발쇠질을 한 그들의 배신은 뼈아팠고, 그 피해는 상상 외로 컸다. 그래서 보투원에 선발된 자는 강건한 체력을 가졌으면서도 사상에 흔들림이 없는, 충성스런 당성과 강한 신념 그리고 지리 지형을 잘 알고 이용할 줄 아는 몇몇 극소수만을 뽑았다. 죽창은 나이 많은 자신이 왜 뽑혔는지 그 이유를 알 순 없었지만 아마 지리산에서 줄곧 함께 활동한 조혁우 사령관의 추천이 있었을 것이란 짐작을 하였다.

보투원에 뽑히면 배고픈 산 중 생활을 잊을 만큼 먹을 기회가 많았다. 사선을 함께 넘나든 조혁우 사령관의 배려로 죽창은 자신이 뽑혔다 생각했다. 그런 생각을 마친 죽창은 젊은 두 대원에게 뒤를 따르라 이르고 사령부가 있는 갈산고지를 벗어나 신불 능선을 탔다. 다소 위험을 감수하고라도 영축산 사하촌 마을을 거쳐 천성산을 통해 부산 금정산으로 방향을 잡아가는 것이 엄광산 밑 부산 하역 부두에 가장 빨리 가는 길이었다. 죽창은 야심한 시간을 잡아 마치 사냥감을 포착한 맹수처럼 소리 없이 몸을 움직였다. 군경에게서 탈취한 M1 소총을 옆구리 쪽으로 단단히 움켜쥐고 비탈길을 평지처럼 달렸다. 달빛조차 눈치챌 수 없으리만치 행동은 은밀하면서도 민첩했다. 여우머리를 닮았다 하여 지어진 호포나루의 자욱한 안개를 의지 삼아 금정산 북쪽 자락임을 알리는 장군봉을 올랐다. 그리고 숨 고를 새도 없이 내처 뛰었다. 달빛에 비친 금정산 고당봉이 눈에 들어왔다. 희디흰 암봉이 칠흑 같은 어둠 속에서 빛났다. 이곳까지는 발새 익은 길이었다. 흐릿한 달빛에 비친 바위라 하더라도 절대 몸을 밖으로 드러내선 안 되었다.

멀찌감치 암봉을 돌아서 금샘으로 불리는 암봉 너덜강에 몸을 바짝 대었다. 이곳은 국방군 방첩대장 김창룡이란 자가 형 석방을 미끼로 대구 형무소 재소자들을 공비로 둔갑시켜 한 사람도 빠짐없이 전원 몰살한 곳이었다. 빈 총을 받은 그들이 작달비처럼 쏘아대는 군경의 총알을 결코 피할 수 없었을 것이다. 총알을 고스란히 받고서야 죽음으로 그들은 석방되었다. 하지만 졸지에 공비로 몰려 죽은 그들의 원통한 피가 더뎅이처럼 굳어 바위 곳곳에 묻어 있었다.

죽창은 아무 말 없이 바위를 어루만지고 허물어질 대로 허물어진 금정산성에 바짝 엎드려 능선 쪽을 한참 응시했다. 여러 암자에 주둔할 곳을 마련한 군경들이 가까운 능선에 매복해 있다는 것을 죽창은 알고 있었다.

얼마 전 언양 읍내로 보투를 나갔다가 군경 매복조에 걸려 가까스로 살아난 뼈아픈 기억이 떠올랐다. 신불 공룡 능선을 타고 언양읍으로 가장 빨리 통하는 작괘천엘 가려면 반드시 거쳐야 하는 과부산에 매복조가 숨어있으리라곤 생각조차 하지 못했다. 주변에 엄폐물이라곤 변변한 것이 없는, 2백 미터도 채 안 되는 야트막한 산이라 하여 얕잡아 본 죽창의 실수였다.

그러나 다행히도 겁먹은 경찰이 목표물을 정확히 가늠하지 않고 총을 쏜 탓에 구사일생으로 살아났고, 무시하기 쉬운 야트막한 산에도 초소를 설치하여 매복조를 숨겨 둔다는 저들의 작전을 알아낸 건 이득이었다. 그러나 절대 노출되어서는 안 될 보투 루트가 군경에게 발각된 것과 레포와 비선도 함께 드러났다고 하는 것은 뼈아픈 실수였다. 결국 새로운 보급로를 확보하기 위해선 또 다른 상당한 위험을 감수해야만 했다. 어렵게 살아난 죽창이 그 산 과부산을 벗어나면서 과부산? 하고 헛헛하게 웃었던 것은 이곳 출신에게서 들은 과부산에 대한 유래 때문이었다.

아주 오래전 임진왜란 당시 언양읍에서 일어난 의병들이 왜군과 전투에서 장렬한 최후를 마쳤지만, 그들을 도와 죽은 아녀자들은 아무도 없었다. 왜군이 아녀자들을 찾으려고 신불산, 간월산을 이 잡듯이 뒤졌지만, 그런 코앞 야트막한 산에 숨어있을 거란 예상을 전혀 하지 못했다. 결국 왜군은 단 한 명의 아녀자도 발견하지 못했다. 그래서 모두 살았다는 것이다. 그러나 과부산은 한날한시에 남편 잃은 아녀자들의 과부 내력을 담은 산이 아니라 모진 죽임을 당한 남정네들의 한이 서린 과한산에서 비롯되었다고 하였다. 그런 이야기를 들은 죽창은 하잘것없고 보잘것없는 산이라 하여 생명을 품지 못할 리 없다는 사실을 알고, 천신이고 자시고 할 것 없이 떡 한 조각이라도 생기면 아무 산이나 공손히 받쳤다. 그런 죽창의 행동을 본 조혁우 사령관은, "죽창 동무 허투루 보아 넘길 산은 하나 없지요. 우리에겐 조국이 있어도 없는 것과 마찬가지지만 저 들녘 산천이야 우리가 사라진들 없어지진 않겠죠?" 죽창은 그의 말뜻을 이해하긴 어려웠지만, 지리산 남부군 사령관의 죽음이 일정 정도 그에게 영향을 미쳤으리란 생각을 하였다. 조국이라 부를 만한 남북 모두에게 버림받은 남부군 사령관의 처지와 자신의 처지가 별반 다르지 않음을 알았을 것이다.

이경애가 옆구리를 쿡쿡 찔렀다. 뭘 그리 골똘히 생각하냐는 무언의 의사표시로 자기 머리를 톡톡 두들겼다. 그들 세 사람은 적당한 엄폐와 차폐물을 골라 몸을 숨기면서 선이 숨겨 둔 표식을 찾아 짐을 챙겼다. 미국 PX에서 나온 질긴 천 가방이었다. 가벼운 가방만 이경애에게 맡기고 죽창과 성연철은 그중 묵직한 가방을 둘러메었다. 그때였다. 이곳저곳에서 섬광이 터지면서 산 전체가 대낮같이 밝아왔다. 죽창은 선이 저쪽에 넘어갔음을 직감적으로 알았다. 몸을 숨길 겨를도 없이 총알이 빗발쳤다. 죽창은 짐을 벗어 던지고 섬광탄에서 벗어나 엄폐물을 찾으라고 성연철과 이경애에게 소리쳤다. 이미 적에게 넘어간 레포라면 가방 안에 든 짐은 하등 쓸모없는, 잡쓰레기밖에 없을 거란 생각에 미치자 황급히 이 상황을 모면하기 위해 짐을 버려야 했다. 몸을 가볍게 해야 살 수 있는 확률이 높았다. 부산에서 신불산까지 반나절 만에 주파하는 그들의 발 빠름을 군경은 도저히 따라잡을 수 없다는 걸 아는 죽창은 휴대한 무기만을 들고 이 상황을 벗어나기만 하면 충분히 살 수 있을 거란 판단을 하였다. 그러나 몸을 숨길만 한 바위 같은 엄폐물은 없었고, 그 옛날 일제가 조림용으로 심은 삼나무 뒤로 몸을 감춰 보았지만, 날아든 총탄에 삼나무 보굿이 푹 푹 꺾이며 떨어져 나갔다. 겹겹이 에워싸고 다가오는 적들을 피할 마땅한 방법이 없었다. 죽창은 자신을 드러내 두 사람을 살리기로 마음먹었다. 산비탈을 끼고 돌면 많은 적의 총구에 정확한 표적이 되겠지만 산 아래로 급히 내달으면 살 확률이 높을 거란 판단을 함과 동시에 앞장서 포위망을 뚫고 나갈 것을 결심했다. 바로 두 사람에게 신호를 보냈다. 산 아래로 비호같이 내달리는 죽창의 뒤를 이어 두 사람도 동시에 뛰었다. 뒤에서 날아든 총알이 귀 옆을 스쳤다. 따끔했다. 아래에 포진하였던 군인들은 아군의 총에 맞을까 봐 몸을 드러내놓고 쏘지 않았다. 그런 적들의 포위망을 가까스로 뚫은 셋은 산 아래로 급히 내려갔다가 다시 옆길로 몸을 틀어 뒤도 돌아보지 않고 달렸다. 다잡은 공비를 놓쳤다는 생각에 군경은 마구잡이로 총을 쏘아댔다. 그때 갑자기 이경애가 푹 고꾸라졌다. 죽창은 달려가던 걸음을 급히 멈추고 이경애를 안아 세웠다. 몸 위로 피가 흥건했다. 죽창을 반쯤 뜬 눈으로 본 이경애는 모로 고개를 털썩 떨어뜨렸다. 그제야 죽창 자신도 허벅지 한쪽을 칼로 긁어내는 듯한 극심한 고통을 느꼈다.

넋두리를 풀다

산 중턱을 깎아 판자때기로 얼기설기 만든 까대기 집들에서 희미한 불빛이 새 나왔다. 하늘을 하얗게 물들이고 적막한 밤공기를 깨는 총소리를 누구보다 가깝게 들은 산만디 사람들이 한둘 일어나 심상치 않은 바깥을 두려움에 떨며 바라보고 있었다.

"아니, 인민군들이 낙동강을 건넌겨?"

"뭔 소리 하고 있어. 인민군들이 도망간 게 언젠디."

"아, 그럼 저 소리는 뭐여? 인민군들이 내려오지 않았는디 사방팔방에서 나는 저 어마무시한 총소리는 뭐여? 전쟁이 또 일어나지 않구서야 저런 총소리가 들릴 리 만무한 거 아닌감."

이불을 푹 뒤집어쓴 채 조조거리며 말하는 사람들이 저마다 불안한 표정을 감추지 못하고 한마디씩 했다. 그런 얘기를 듣던 한 여자가 부리나케 문을 밀쳤다.

"아니, 선묘댁. 어딜 가는 거여? 이 오밤중에. 통금에 걸리면 경을 쳐. 어쩔라고 그랴."

선묘댁은 집히는 게 있어 총소리 나는 곳 가장 가까운 곳으로 무작정 달렸다. 혹시나 하는 심정이지만 어쩐지 그 양반일 것 같다는 생각이 들었다. 그런 느자구 없는 곳으로 싱숭생숭한 마음이 갈래를 잡자 점점 확신이 짙어졌다. 콩닥콩닥 뛰는 마음과 불길한 생각이 저 맘속 깊은 곳에서 마구마구 끌어 올라왔다. 불걸음 된 발걸음을 치맛자락이 감았다. 그런 그녀를 어둠 속에서 휙 낚아채는 검은 그림자가 있었다. 선묘댁은 흡! 하고 자기의 손으로 입에 재갈을 물렸다. 죽창이었다. 죽창의 상태를 알아본 선묘댁은 속바지를 서둘러 벗어 허벅지를 동여매고 지혈을 했다. 다닥다닥 붙은 산동네 집만큼이나 많은 눈이 도사리고 있는 자기의 집으로 데려가기엔 너무 위험했다. 부산 내려와 선묘댁이란 이름을 걸고 시작한 자신의 국밥집으로 죽창을 끌다시피 업어왔다. 포위망을 뚫고 공비들이 도망쳤을 거란 짐작을 한 군경들은 이미 한참 전에 물러갔던 터였다.

"으째, 이런 인연이 다 있을 것이고라. 오메, 하느님 부처님 천지신명님. 이 사람을 이왕 내게 보내주셨으믄 두 번 다시 데려가지 마쇼 잉. 인젠 이 사람 아니면 내 못 살겠어라우. 한번 맺기도 힘든 인연, 두 번 만났으니 숙명이 아니고 뭣이겄어라."

이렇게 죽창을 두 번째로 본 선묘댁은 기가 막혔다. 이에 이를 윽물은 선묘댁은,

"어쩔 것이여. 보내주긴 싫은디. 그도 이참에 눈 딱 감고 죽은 듯이 살면 저쪽에선 죽었단 생각에 마지못해 공화국 영웅 칭호를 내려 줄 것이고, 이쪽은 못 잡은 공비 하나 어쩔 수 없다 포기하고 시간 속에 파묻는 거 아니겄어."

죽창을 군경에 신고해 감옥소 콩밥을 평생 먹이는 한이 있더라도 얼굴 보면 살아지지 않을까 하는 생계망게한 생각도 아니든 게 아니었다. 죽창이 옆에 있는 것만으로도 행복한 선묘댁이었다. 그러나 언젠가 떠날 걸 생각하면 애가 타는 가슴에 요상한 마음이 하루에도 열두 번도 더 들었다.

그렇게 두어 달 숨어 지낸 죽창은 선묘댁의 병구완 덕분에 왼쪽 허벅지에 난 상처가 꽤 깊긴 했어도 걷는 데는 크게 지장이 없을 만큼 나았다. 그럴수록 선묘댁 시름은 더 깊어졌고, 다리를 끌어안고 접은 무릎에 턱 괴고 앉아 있는 날이 많아졌다. 어차피 인연이 예까진 가란 생각이 든 선묘댁은 구례에서 들고나와 팔지 않고 버텼던 금비녀, 은비녀, 금가락지와

여기선 그리 주눅 들고 사지 않아도 되는 신발을 여유 있게 보따리에 싸서 넣고, 겨울을 날 수 있는 솜바지, 그 귀하다고 하는 다이아진, 아까진 끼들을 바리바리 싸주었다. 그래도 허우룩한 맘이 든 선묘댁은 저 보따리에 내 맴을 쌀 수 있다면 자신도 데려가 달라고 어린애처럼 투정을 부려 보고 싶었다. 죽창이 한 걸음 두 걸음 내디디며 땅에 익숙해지려고 노력할 때, 선묘댁은 혼자 어둑한 방구석에서 하염없이 눈물을 쏟아 내었다.

어젯밤이 꿈만 같았다. 비록 결발부부는 아니어도 자신의 쪽 찐 머리를 살며시 푸는 죽창이었다. 조용히 베개에 눕히는 죽창이 뺨 위로 흩어진 몇 올 귀밑머리를 살며시 넘겨주고, 살쩍 머리를 쓸어 매 다듬어 주자 그녀 눈에 눈물이 그렁 맺혔다. 이제 더는 살아선 만나긴 힘들다는 생각을 한 선묘댁은 속울음을 삼켰다. 죽창은 그런 선묘댁을 위해 자신이 할 수 있는 거라곤 이 순간 지극한 마음으로 그녀를 흠뺄고 핥아 주는 것밖에 없다고 생각했다. 발끝을 핥았다. 선묘댁의 아랫배가 움찔 위로 솟았다. 누렇게 익은 호박 같은 엉덩이가 요 위에 출렁거렸다. 가지처럼 매끈한 종아리를 쓸고 경련으로 탱탱하게 잡힌 허벅지 안쪽을 어루만졌다. 하! 하는 신음을 토해내는 선묘댁의 입술이 벙그러졌다. 배꼽 단전에 죽창의 뜨거운 입김이 닿자 선묘댁은 뱀 허물 벗듯 이불을 차고 올랐다. 그리고는 죽창의 머리를 잡고 자기 가슴으로 끌어 올렸다. 한껏 부푼 젖무덤에 얼굴을 묻은 죽창은 그녀 가슴팍에 고였을 슬픔을 핥아 내려는 듯 입술을 거칠게 갖다 대었다. 성에 허벌든 것처럼 보이는 죽창의 그런 행동을 순순히 받아 든 선묘댁은 '가지 마오. 제발 가지 마오'를 속으로 외쳐 대었다. 이 남자를 붙들 수만 있다면 이 밤이 새고 또 새고, 뼈가 바스라져도 놓고 싶지 않았다. 선묘댁은 흐르는 눈물을 주체할 수 없었다. 그 눈물이 베갯잇을 촉촉이 적셨다.

　여수는 항구였다
　철썩철썩 파도치는 꽃피는 항구
　안개 속 기적 소리 예님을 싣고
　어디로 흘러가나 어디로 흘러가나
　재만 남은 이 거리에
　부슬부슬 이슬비만 나리네
　마도로스 꿈을 꾸는 남쪽의 항구
　어버이 혼이 우는 빈터에 서서
　옛날을 불러봐도 옛날을 불러봐도
　오막살이 처마 끝에
　부슬부슬 이슬비만 나리네

　이별 노래를 혼여 읊조리고 있는 선묘댁을 향해 죽창은 처음으로 자신의 과거를 밝혔다. 순천 오두메에서 살던 이 씨란 성에 이름은 죽창이고 해방되자마자 헤어져 지금은 열서너 살 된 아들이 하나 있다는 것을 밝혔다.
　"여보 선묘댁. 왜 낸들 당신과 천년만년 살고지고 하고 싶지 않겠소. 되돌아가기엔 너무 멀리 와부렸소. 당신이 못내 그리울 것이요."
　선묘댁은 죽창의 이 말 한마디에 얼멍덜멍 뭉쳤던 가슴의 온갖 것이 녹아내리고, 쌓였던 정에 짓눌렸던 어깨가 걷잡을 수 없이 허물어져 내렸다.

"으메, 으메 보쇼잉. 해 짧아 덧없는 인생 눈 위에 난 기러기 발자국이요, 부추 끝에 매달린 이슬이외다. 흐르는 물과 하늘에 뜬 구름 같은 남정네 말을 내 믿어 무엇하오리까. 은행나무처럼 서로 정을 줄 수 없단 걸 애당초 알았다면 이리도 설어라 하지 않을 것이요. 어서 가쇼 잉. 내 맘 변해 지서로 뛰쳐가설랑 여기 공비 있소! 하고 소리치기 전에."

그렇게 죽창을 떠밀다시피 보내고 사흘 내리 앓은 선묘댁이었다. 부산이란 곳에서 2년여를 살다 전쟁이 끝났단 생각이 들어 자신이 예전 살던 곳으로 갈까? 하였지만 가지 않았다. 전쟁 전 예비검속으로 숱해 죽여 놓고 또 보도연맹인가 뭔가 가입한 사람들마저 죽이는 판이었다. 빨갱이 빨자도 모른 채 빨갱이 노릇했다고 의심받거나 지목받은 자는 물론 어쩔 수 없이 인민군에 부역한 사람들을 골라 또 죽이는 세상이었다. 전쟁 전이나, 전쟁 중이나, 전쟁 후나 하나 다를 게 없는 아비규환 지옥 불구덩이란 생각이 든 선묘댁은 아예 옛날 살던 집 근처에 얼씬도 하지 않았다. 혹 아는 사람이 있을까 싶어 구례엔 가지 않고 구례에서 한참 떨어진 섬진강 나루 화개장터에 온 것이었다. 선묘댁의 눈이 촉촉하게 젖었다.

Ⅳ. 산으로 간 사람들

치솟는 울분

죽창이 백운산을 버리고 지리산에 들어서자 그를 반갑게 맞이한 사람은 지리산에서 오랫동안 무장대를 이끌었던 조혁우란 사내였다.
"죽창 동무 어서 오시오."
"조 대장 동무. 천군만마를 얻었소 잉. 이 죽창 동무로 말할 것 같으면 선대 때부터 항일 내력 있는 집안이구마요 잉. 순경과 서청의 생떼를 따고 도망치는 신세가 되얏어도 그 뒤로도 동지들을 모아 소규모 투쟁을 계속하며 저들 속깨나 썩였던 친구구만요."
죽창과 야산대 투쟁을 계속해 오면서 지리산엘 함께 들어온 여수 사람인 성만호가 그동안 자신들의 투쟁 전과가 지리산 천왕봉에 본부를 둔 조혁우 무장대에 비해 절대 뒤지지 않음을 알아달라는 투로 엉너리를 쳤다.
"우리도 익히 알고 있었소. 동무들의 혁혁한 투쟁을 어찌 모를 리야 있겠소. 다만 많은 도움을 줄 수 없어 그것이 안타까울 뿐이었소. 내 이름은 조혁우라 하오. 만나서 반갑소, 죽창 동무."
이렇게 말하는 조혁우의 화기 어린 눈에선 금방이라도 떨어질 듯 불똥이 번뜩였다. 눈매는 온화해 보였지만 살짝 가늘게 찢긴 눈초리는 매서웠다. 바늘 하나 뚫고 들어갈 자리가 없으리만치 박달나무로 깎아 만든 것 같은 강단진 몸을 가졌다. 천근 무쇠를 올려놔도 끄떡없을 것 같은 사내였다. 딱 바라진 어깨와 나무 둥치처럼 굳게 선 다리의 허벅지는 활시위를 당긴 것처럼 팽팽했다. 힘을 좀 쓴다는 무뢰배 서너 명은 단박에 때려눕힐 강건한 체격을 가진 사내였다.

조혁우를 처음 만난 죽창은 그가 내민 손에서 뜨거움을 느꼈다. 일찌감치 일본으로 유학을 간 조혁우는 태평양 쪽으로 전선을 넓힌 일제의 징집명령을 피해 조선으로 숨어들어 와 지리산에 은거하며 일제의 관공서들을 습격, 지속적인 무장 투쟁을 벌인 보기 드문 사람이었다. 일제의 패망을 조심스럽게 점쳤던 그는 민족 반역자와 친일 부역자들의 명단을 작성, 조국이 해방되면 가장 먼저 그들부터 처단하기로 맘먹고 있었다. 결국 그가 예상했던 대로 조국은 해방되었고, 항일 전력을 높이 평가한 사람들로부터 천거를 받아 대통령 경호실장 자리를 맡기도 했다. 그러나 해방되면 반드시 처단하리라 맘먹었던 자들이 어찌된 일인지 단죄되긴커녕 반공투사를 거쳐 애국지사로 둔갑하는 일이 심심찮게 벌어졌고, 심지어 그들 손에 의해 항일 독립지사들이 빨갱이로 몰려 구속되는 어처구니없는 일들이 벌어졌다. 대통령 경호실장이란 직함에서 나오는 힘이 그들이 가진 힘과 얼추 균형을 이루는 듯했으나 대통령을 등에 업은 경찰은 좌익세력을 현실적, 잠재적 위험 세력으로 간주하여 치안을 유지 강화한다는 명분으로 그들의 보조 세력인 대한반공청년단 이름 아래 모인 깡패들을 조종하기에 이르렀다. 공권력을 사매질처럼 사용하는 경찰은 공공연하게 자신들의 태도를 사사건건 비난하던 조혁우를 없애기로 마음먹었다. 솜씨 좋은 깡패를 시켜 조혁우를 아예 없애려 음모를 꾸몄다. 그런 음모에 걸려든 것은 업무를 마친 시간이었다. 평소대로 귀꿈스런 골목을 지나 집 방향으로 가던 길에 목자 사나운 표정을 한 정체불명의 사내들이 앞을 가로막아 섰다. 작은 쇠절구공이를 어깨에 걸친 사내와 목에 왜낫을 걸친 사내, 그리고 팔뚝 위에 단도 날을 문지르는 사내가 조혁우가 가는 길을 막았다. 하지만 이들 뒤에 더 짙은 어둠 속에서 상체를 가린 사내가 바지 양쪽에 손을 넣은 채 조혁우를 매섭게 쏘아 보고 있었다. 일본에 유학할 때 일본 야쿠자와 대두리 싸움을 벌였을 때도 이처럼 큰 살기를 느껴보지 못했던 조혁우였다. 조센징 하나 죽인다고 어찌 되지 않는다는 자만심에 들뜬 일본 야쿠자들은 살기 없이 조혁우를 대했다면 자신 앞에 선 이들은 반드시 자신을 죽이고야 말겠다는 살기를 가졌다.

지난날 한 척이 넘는 야쿠자의 칼끝에 맞선 조혁우였다. 일본도의 칼끝에 자신의 소매 솔기 자락이 꽃잎처럼 떨어져 나가던 게 생각났다. 겨눈 칼끝이 숨을 들이쉬는 상대의 수를 읽고 몸이 무거워졌다 판단되는 순간 곧장 뻗어 오는 야쿠자 칼은 여간해선 피하기 힘든 칼이었다. 피할 수 없는 칼이었다. 곧게 뻗어 심장 쪽으로 오는 칼을 조혁우는 왼손으로 살짝 밀치고 손날을 옆으로 세워 상대의 목을 정확히 가격하여 일격에 끝냈던 일을 떠올렸다. 그러나 자신을 막아선 사내들은 일본 야쿠자와 달랐다. 곤봉처럼 생긴 쇠절구공이에서 엄청난 힘을 느꼈다. 그리고 조선낫보다 가벼운 왜낫은 야쿠자들의 칼보다 빠르면 빨랐지, 덜하진 않을 거란 판단이 들었다. 또한 단도 날 끝을 땅으로 향해 쥔 자에게선 굉장한 살기를 느꼈다. 동네 소소리패들과 전혀 다른 자들이었다. 특히 이들 뒤에서 조용히 자신을 응시하는 사내는 그 누구도 피할 수 없는 총을 품에 지니고 있을 것만 같았다. 죽음의 고비를 여러 번 넘긴, 산전수전을 다 겪은 조혁우도 그리 호락호락한 싸움이 아니란 걸 알면서도 갑자기 나타나 자신을 해하려는 이 자들의 정체가 궁금했다. 금품을 빼앗으려는 자들이었다면 간흉을 가진 채 가까이 다가와 겁박이 담긴 말을 던졌을 것이고, 원한에 의한 것이었다면 의도를 사전에 드러내놓고 행동을 취했겠지만, 가타부타 한마디 말도 없이 조혁우의 앞을 가로막고 선 자들이었다. 이들의 속내가 궁금했다.

먼저 육덕 좋은 허우대를 찔락찔락 흔들며 쇠절구공이를 가진 자가 나섰다. 쇠절구공이를 어깨높이로 들어 올린 팔은 웬만한 사내의 허벅지 굵기만 했다. 그 힘으로 휘두르는 쇠절구공이에선 바람조차 짓이길 듯한 소리가 났다. 그러나 힘만으로 상대를 꺾으려는 그자의 솜씨는 애초 조혁우의 상대가 되지 않았다. 허공에서 노는 쇠절구공이의 틈을 노려 물수제비처럼 허공을 차고 오른 조혁우의 오른 무릎이 그자 턱을 정확히 가격했다. 빡! 소리를 내며 턱관절을 움켜쥔 사내는 멀찌감치 나동그라졌다. 땅을 디디며 자세를 잡으려는 조혁우에게 틈을 주지 않은 왜낫은 조혁우를 향해 곧바로 달려들었다. 바람을 수욱 가르는 소리와 동시에 조혁우의 배쪽을 파고들었다. 발 뺄 틈 없이 조혁우가 상체를 약간 숙이자 양복저고리 단이 우득 뜯겨 나갔다. 가늠할 수 없는 방향으로 연이어 들어오는 낫날의 번뜩임이 차가왔다. 야쿠자들의 칼은 일정 규칙이 있었지만, 그자 왜낫의 칼은 종횡을 무시한 대나무를 벨 때처럼 추어올리거나 빗겨 내려찍었다. 두 번 반복하지 않는 행동으로 왜낫은 조혁우를 구석으로 몰아붙

대금 소리 79

였다. 땅돋움을 하여 튀어 오르려는 조혁우를 기다려 주지 않았다. 벽 쪽으로 몰아넣어 회심의 일격을 가하려는 왜낫의 사내가 낫을 횡으로 그으려는 순간 벽을 기댄 조혁우는 하체를 용수철처럼 튕겨 올렸다. 담장 끝을 잡은 손힘으로 공격해 들어오는 낫보다 빠르게 다리를 쳐올려 발끝으로 상대의 관자놀이를 정확히 때렸다. 정신을 잃고 나동그라진 사내의 손에서 낫을 빼앗아 사내의 손등을 내리쳐 찍었다. 악! 하며 내지른 비명이 골목을 흝쳤다. 일부러 왜낫을 상대의 손에 깊숙이 꽂은 것은 잔인한 일면을 보여줌으로써 섣불리 다가오지 못하게 하려는 의도와 함께 시간을 벌려 했던 조혁우의 생각이었다. 이런 일단의 행동을 낱낱이 상대에게 보여줌으로써 공포를 느낀 상대방이 함부로 공격해 들어오지 못하게 하려는 방어 수단이기도 했다. 조혁우의 생각대로 조혁우 눈에 움찔하고 반 발짝 물러나는 단도를 쥔 사내의 모습이 보였고, 뒤의 사내에게선 상의 포켓 안쪽으로 손을 넣는 게 보였다. 뒤 사내가 총을 가지고 있음이 분명한 이상 단도 쥔 사내를 한 번에 거꾸러뜨리기보단 양복을 차려입은 사내에게 최대한 가까이 다가가 몇 합을 더 겨루고자 맘먹었다.

 뒤 사내에게서 총을 빼 들 틈을 주지 않고 제압하는 게 이 싸움의 승패를 결정짓는다고 보았다. 단도를 쥔 사내는 단도 날을 세우고 땅띔 하며 차오르는 품이 예사롭지 않았다. 앞선 두 사내보다 훨씬 빠른 동작으로 단도를 허공에 그리며 조혁우를 향해 달려들었다. 단도가 턱밑까지 왔다 싶어 피하면 발이 얼굴 쪽으로 날아들었다. 최대한 가까이 붙으려는 단도 쥔 사내와 적당한 거리를 유지하며 방어하는 조혁우 사이에서 팽팽한 긴장감이 흘렀다. 피할 겨를도 주지 않고 공격해 들어오는 단도를 잘못 방어하면 손모가지가 잘릴 판이었다. 상대의 움직임에 따라 단도 날 끝도 같이 움직였다. 조혁우는 위기의 순간을 겪으면서도 상대의 몸놀림을 속으로 칭찬했다. 숱한 경험을 가진 조혁우였지만, 이처럼 흐트러짐 없는 부드러운 몸놀림에 치명적인 살수를 가진 사내를 처음 보았다. 단 몇 수면 끝날 줄 알았던 단도 쥔 사내도 자신의 칼 속에 들어왔다 빠져나가는 조혁우의 신기에 가까운 동작에 탄복하는 눈치였다. 노련함과 여유로움 위기의 순간에도 침착함을 잃지 않는 조혁우는 단도 쥔 사내의 칼끝에 묻어 있는 살기가 살짝 풀리는 걸 보았다. 더 겨뤄보고 싶다는 상대의 의중을 알아챈 조혁우는 저 뒤에선 사내의 정체와 이들 배후를 캐기 위해 재차일거를 접어두고 짐짓 접전을 펼치는 척 어둠 속에 숨어 있는 사내에게 점차 다가갔다. 발돋움 한 번이면 상대 턱밑에 닿을 거리에 이른다는 걸 눈짐작한 조혁우는 순간 미끄러지듯 사내에게 다가가서는 몸을 한 바퀴 돌려 공중차기로 사내의 오른편 어깻죽지를 강하게 내려찍었다. 순식간에 벌어진 일이었다. 아무도 예상치 못한 일이었다. 사내는 고통스런 비명을 지르며 땅바닥에 털썩 주저앉았다. 그때를 놓치지 않은 조혁우는 그의 왼편 겨드랑이 권총집에 들어 있던 권총을 빼 들었다. 조혁우는 자신 앞에 주저앉은 사내의 정체를 그에게서 뺏어 든 권총의 개어리를 쥐고야 경찰이란 걸 알았다. 미군들이 제공한 리볼버 권총은 고위급 경찰들이 사용했지만 이처럼 총선이 단일한 루거총은 일본 것을 물려받은 중간 간부쯤 되는 경찰들이 사용했다.

 조혁우는 자기가 누군지 분명 알고 있었을 것임에도 살해를 지시한 윗선이 궁금했다. 문득 몇몇 인물들이 떠올랐다. 일제 주구 노릇을 하던 놈이 무슨 염치로 경찰 간부로 있느냐고 대놓고 면박을 준 노덕술과 친일의 족보를 보더라도 스스로 공직에서 물러나 반성하며 살라 말했던 장곡칠 수도청장이 떠올랐다. 조혁우의 이 말에 을근거리는 표정으로 쏘아보던 그들이었다. 지리산 야산대 활동하면서도 빠뜨리지 않고 적었던 친일 부역자 중에서도 노덕술은 가장 먼저 처벌하리라 맘먹고 공책 맨 위에 올려놨던 자였다. 그런 인물이 대통령의 신임을 받으며 경찰 고위 간부로 있다는 것이 도저히 믿기지 않았고 틈만 나면 그의 처벌을 강력히 주장했던 조혁우였다. 그러나 대통령은 조혁우의 주장을 받아들이지 않았고, 더 나아가 대통령 경호를 경호실이 아닌 경찰로 이관하면서 경호실장을 비롯한 경호실 직원 모두에게 총기 휴대를 금지해 버렸다. 적색 신분을 숨긴 경호원이 경호실 내 암약한다는 투서가 날아들면서 경찰이 경호실을 조사하는 일까지 벌어졌다. 이 일을 기획했다 의심을 살만한 경찰이 경호 업무를 조혁우으로부터 떼어내는 데 성공했고, 총기도 경찰이 수거해 가는 초유의 사태에 허울만 남은 유명무실한 경호실이 돼버렸다. 이런 일련의 사건을 벌인 실체가 누구인지를 어렴풋이 짐작한 조혁우가 사내를 다그쳐 물으려 할 때 새카맣게 몰려든 경찰이 조혁우 주변을 에워쌌다.

"나, 대통령 경호실장 조혁우요. 어느 서에서 왔소? 잘 되얐소. 이 자들을 체포하시오."

조혁우가 자신의 신분을 밝혔음에도 경찰들은 총구를 내려놓지 않았다. 대신 조혁우에게 총을 내려놓을 것을 요구했다. 총을 땅바닥에 내려놓은 조혁우를 향해 득달같이 달려든 경찰 몇몇이 조혁우를 결박했다. 이상한 낌새를 차렸지만 더 이상 어찌할 수 없는 상황이었다. "조혁우! 나와라."

　유치장에 갇혔던 조혁우를 경찰이 불러 끌어내었다. 올 것이 왔다는 생각이 들었다. 원통하고 분한 마음에 부레가 끓어올랐다. 세상 험한 꼴 마다치 않고, 죽음도 불사하면서 싸웠던 일제 치하가 오히려 더 그리울 지경이었다. 이런 꼴 보자고 살을 에는 추위는 물론 굶주림을 견딘 것이 아니었다. 세상이 잘못돼도 한창 잘못돼 가고 있음에 눈물이 다 날 지경이었다. 그 무쇠 같았던 조혁우의 다리가 허든거렸다.

　"여기 앉으시오. 나 최창수요."

　경찰로선 상당히 지위가 높은 국장이란 사내가 조혁우를 앞자리 소파에 앉혔다. 그리고 부하를 시켜 수갑을 풀었다.

　"나는 조혁우 당신을 잘 아오. 항일운동한 전력도. 좌익에 경도된 대부분 사람과 달리 당신은 어떤 이데올로기도 받아들이지 않았소. 그 점을 높이 사 경호실장까지 간 게 아니겠소. 그런데 조국의 독립을 위한 방편으로 이념을 받아들였다는 다른 사람과 달리 당신은 그렇지 않았소. 그만한 이유라도 있소?"

　최창수란 사내의 입에서 뜻밖의 말이 나왔다. 하지만 곧바로 자기가 한 말을 거둬드리며 몸을 조혁우 앞으로 밀었다.

　"아, 아니오. 됐소. 시간이 없소. 간단하게 말하리다. 당신도 알고 있을 것이지만 어제 반민특위가 습격당했소. 노덕술을 빼내려 경찰이 한 행동이오. 이제 경찰을 견제할 만한 세력은 아무도 없소. 당신이 가진 경호실장 직함도 빨갱이란 누명을 씌우면 목숨도 부지하기 힘드오. 얼마 전부터 장곡칠 수도청장과 이재관 보안국장이 자주 만나는 걸 보았소. 눈엣가시

대금 소리 83

같은 당신을 제거하려는 음모를 꾸민다는 걸 알았소. 제거가 여의찮으면 좌익혐의자로 엮어 넣으려는 계산까지도 말이오. 테러로 당신이 죽으면 그들에겐 더할 나위 없지만 살아도 좌익으로 몰아 죽일 심산이오. 그런 음모를 알고 있는 이상 수사권을 쥔 내가 부랴부랴 나선 것이오. 지금 저들은 당신을 빨리 본청으로 이송하라고 난리오. 아마 빨갱이로 몰아 조작할 조서를 다 작성해 놨을 것이오. 아직 수사가 끝나지 않았다고 시간을 끌고 있지만, 그것도 오늘 밤 자정까지요. 자정 무렵에 본청 사찰계 주임들이 당신을 끌고 갈 것이오. 자, 받으시오."

최창수 국장은 수갑을 풀 열쇠를 조혁우 손에 쥐여 주었다.

"이제 당신의 운명은 내 손을 떠났고 당신 스스로 알아서 해야 하오. 차나 한잔 들고 가시오."

최창수 국장은 이 말을 끝으로 조혁우를 내보냈다. 조혁우는 최창수란 이름을 머릿속에 새겼다. 기회가 되면 다시 한번 만나고 싶은 인물이었다.

자정 무렵이 다 돼갈 즈음 검은 가죽옷을 입은 서너 명의 사내들이 조혁우를 끌어냈다. 수갑으로 결박 지어진 걸 확인한 그들은 조혁우를 서둘러 차에 태웠다.

보안국 안에 따로 둔 사찰계는 주로 공산 좌익분자들을 다루는 곳으로써 일제의 취조 방식을 뛰어넘어 더 악랄하고 잔인한 고문으로 수사를 하는 경찰들이었다. 해방 이전 일본에 부역했던 경찰들이 대부분이어서인지 같은 경찰이면서도 해방 이후 채용된 일반 경찰들은 함부로 들어갈 수 없는 곳이었다. 친일로 잔뼈가 굵은 그들에게 걸리면 없는 빨갱이도 푸서리 한 묶음 엮듯 만들 수 있는 곳이 그곳이었다. 그들은 그곳을 무념화無

念化라 불렀다. 이념이 없는, 즉 좌익 이념을 가진 자들을 완전 일소한다는 의미로서 무념화라 불렀지만, 그곳에서 온갖 고문을 당한 이들은 그곳을 무념옥無念獄이라 불렀다. 인간 고유의 본질인 사유조차 할 수 없는 무념과 죽어 장사 지내기 전 치러야 할 의식인 염조차 필요 없는 지옥 같은 곳이라 하여 무념옥이라 불렀다.

그곳을 향해 달리던 차가 갑자기 멈춰 섰다. 차 앞에 널브러진 사람을 본 것이다. 조혁우는 최창수의 말을 생각해 냈다. 이 시간 이후의 운명은 나에게 달렸다는 말의 의미를 안 조혁우는 운전석 옆 보조석에 탄 사내가 물체를 확인하러 내리는 걸 기회로 서둘러 수갑을 풀었다. 직감이지만 시체처럼 누운 사내가 반드시 무슨 행동을 할 것만 같았다. 그걸 신호로 양옆의 사내를 때려눕히는 건 난쟁이 턱 치기보다 쉽지만, 시동을 켜 놓은 채 운전대를 잡고 있는 사찰 요원을 제압한다는 건 쉽지 않아 보였다. 시커멓게 웅크렸던 물체가 한 바퀴 도는가 싶더니 바로 사찰 요원 한 명이 픽! 하고 쓰러졌다. 그와 동시에 운전대를 잡은 자의 목으로 비수가 날아 꽂혔다. 조혁우도 이때다 싶어 양옆의 사내 목울대를 부러져라 쳤다. 켁! 하는 외마디 소리도 지르지 못하고 양옆의 사내 둘이 동시에 쓰러졌다. 차문을 열고 나오니 조혁우와 맞붙었던 좀 전의 그 사내들이었다.

"아니 당신들은?"
"자세한 말은 나중에 하기로 하고 빨리 이 자리를 뜹시다."
그들 네 명은 어둠 속으로 사라졌다.

의기투합

 "형님으로 모시겠습니다. 귀신은 경문에 막히고 사람은 인정에 막히고 깡패는 주먹에 막힌다잖소. 빌어먹는 세상에선 잘 빌어먹는 놈이 왕초고, 주먹 세계에선 주먹 잘 쓰는 놈이 오야붕이고. 그것을 갖추었을 뿐만 아니라 인금도 높은 사람이 형님, 형님이 되야 안 되겠습니까?"
 단도를 휘둘렀던 사내의 말이 끝나자 낫과 쇠절구공이를 쓰던 두 사내도 조혁우를 향해 허릴 숙여 반듯하게 인사했다.
 "이러지들 마시오. 턱은 괜찮소? 손은 어떻소?"
 "턱이야 꿰맞추면 되는 것이고. 이 아우의 손을 자세히 보니 형님 솜씨가 화타와 편작도 울고 갈 만큼 대단하더이다. 손 알머리뼈와 갈고리뼈 사이를 어찌 그리 정확히 내리찍었는지. 우리를 해할 맘이 있었다면 손목을 절단했겠지요. 이 동생도 놀라더이다."
 "허허, 아니오. 서로 운이 좋았을 뿐이오. 투박한 조선낫이었다면 그리 못했을 것이오. 근데 어찌 날 도와줄 맘을 먹었소?"
 "우린 돈만 받으면 상대가 누구든 죽여주는 일을 하는 사람들입니다. 인간 백정들이죠. 조선이 해방되었다고 하는 소식을 만주에서 듣고 내려온 게 2년 전쯤입니다. 해방되든 말든 우리 같은 소 오줌 말똥 같은 놈들에겐 별 의미가 없지만 그래도 해준 것 없고 받은 것 없는 조국이라도 해방됐다고 하니 기쁘더이다. 우리가 이 땅을 떠난 게 우리 손으로 지을 땅이 없고, 그런 차별과 설움을 견디다 못해 떠난 거 아니겠소. 그런데 북한에서는 지주들을 몰아낸, 거 뭐야 토지개혁을 이뤄 사회계급 구조를 노동하는 사람 위주로 재편한다는 말이 떠돕디다. 그러나 북쪽을 택할 순 없었습니다. 우리 같은 놈들을 받아주는 사회가 아녔거든요. 당신 같은 인간들도 할 일이 있으니 해방된 조국을 위해 함께 일해 봅시다, 했으면 우리도 이 짓 손 씻고, 밥 값하겠다고 나섰을 것입니다. 우린 그저 저들의 체제를 위해 희생돼야만 하는 허섭스레기에 불과했죠. 남쪽행을 결심하고 내려온 겁니다. 그렇다고 의심하지 마십시오. 만주에서 선비라 불리는 독립군들을 도와주진 못했어도 밀고를 하는 그런 염알이 짓은 안 했습니다. 외려 같은 동포 고혈을 빨고 흑책질이나 일삼는 염탐꾼, 정탐꾼들과 밀정하던 놈들 몇을 은밀히 죽이기까지 했으니 나름 애국했다고 봐야죠.

게다짝 왜놈은 말할 것도 없고 로스케, 짱개 등 돈을 주면 이유 불문하고 죽이는 것이 우리 업이었습니다. 남쪽으로 내려오려고 열차를 탔더니 허, 그 자리에서 당장 멱을 따도 시원찮을 친일 똥개들이 남부여대에 섞여 변장해서는 사람들 틈 속에 숨어 도망가더이다. 기도 안 찹디다. 번쩍이는 견찰을 내보이며 조선 민중을 그렇게 들볶아대던 순사와 말장화 신고 유세를 떨던 일제 헌병 마름들 말입니다. 생각 같아선 당장 그 자리에서 요절을 내어 기차 화통에 집어넣거나 달리는 기차 바퀴에 짓이겨 버리고 싶었지만, 우리도 어차피 몸을 숨기고 남행을 해야 할 처지였던 지라 모르는 체하고 넘어왔습니다. 저런 자들이 살 수 없는 사회면 뭐 그런대로 인민들이 응원해주는 체제였겠고, 저런 자들이 내려와 활개 쳐도 죄를 묻지 않는 사회면 일제 때와 별반 다르지 않은 새로운 식민지 아니겠습니까?

만주에서 그렇게 활동했던 우리를 어찌 알았는지 주먹패들이 구애하더이다. 우습죠. 기껏 조선 상인들을 등쳐먹거나 지덜에게 닥칠 일제 징집을 피하자고 조선 처녀들을 잡아다 바친 것들이 협객이다 뭐다 하는 게 정말 꼴 시렸죠. 만주에서 거칠게 큰 우리들하곤 애당초 견줄 상대가 안 되던 깔다구 같은 것들이 경찰이 뒷배 봐준다고 일제 때보다 더한 가오시 잡더이다. 우린 좌던 우던 가리지 않고 만주에서 하던 식으로 손님을 받았습니다. 비밀리에 죽이는 것이 가장 비싼 거고 신체 일부를 절단하는 게 두 번째 값나가는 것인데, 대게 흔적 없이 들키지 않게 처리하는 게 상호 피차 가장 좋은 거래여서 쥐도 새도 모르게 사람들을 죽였죠. 한번은 우익의 거물 송진우를 죽이라 합디다. 안 된다고 했더니 그 며칠 후 암살되었다고 신문에 커다랗게 뜹디다. 정국이 무척 혼란스러웠죠. 의뢰한 자는 그걸 노린 게 아니었겠습니까? 그리고 조사를 마친 경찰이 마치 사건의 배후에 김구가 있는 것처럼 언론에 흘리더니 어느 날 낯선 사내가 찾아와서 한다는 말이 언제까지 남 뒤치다꺼리만 하면서 살 거냐고, 이제 진정으로 조국을 위해 힘을 마지막으로 써보라면서 애국 우익 인사 송진우를 죽인 빨갱이 김구를 죽여달라 하더군요. 그러면서 평생 호의호식할 돈과 함께 살고 싶은 곳 어디든 보내준다는 엄청난 제안을 하더군요. 우리는 놀랬습니다. 평생 꿈도 꿔보지 못할 엄청난 돈을 주겠다고 제안한 그 사내의 입에서 죽일 인물이 김구라는 것을 듣고 가슴이 철렁 내려앉았습니다. 사람을 여럿 죽인 우리조차 김구란 말에 안색이 굳어질 수밖에 없었습니다. 우리 같은 무지렁이 야차 같은 놈들도 김구가 누구라는 건 압니다. 그러나 그 제안을 받아들이든 안 받아들이든 또 설령 성공했다 해도 우린 죽은 목숨이나 진배없단 생각이 들었죠. 김구 암살이라는 엄청난 음모를 안 우릴 그들이 살려둘 리 만무하죠. 그런데 왜 버림치같이 비

천한 우릴 김구 암살 청부업자로 지목했냐는 거죠. 남북 분단만은 어떡해서든 막아보겠다고 하는 김구가 남북 분단을 해서라도 권력을 획득하겠다는 정적인 대통령에 의해 살해되었다고 한다면 김구는 영원히 사는 거겠죠. 그런 민족 지도자로 추앙받는 김구 선생이 비루한 우리에게 살해되었다고 한다면 내용도 속도 모르는 사람들은 어떻게 생각할까요?

자빡 거절하지 못하고 차일피일 미루면서 숨어 지냈죠. 잘못하면 만고의 역적, 민족의 죄인이 되겠다 싶어 털 난 양심이지만 암살을 담은 편지를 경교장으로 부쳐 보기도 했고, 김구 주변 인물을 만나서 암살 음모가 진행되고 있다는 귀띔을 주기도 했고, 심지어 경각심을 가지라고 경교장으로 돌멩이를 던져 보기도 했습니다. 여운형 선생이 암살되는 걸 지켜본 김구 선생 또한 시시각각 죽음의 그림자가 다가오는 걸 느끼지 않았을까요? 반드시 죽이려고 맘먹은 자들이 뭔들 못하겠습니까? 제 생각엔 그 죽음을 김구 선생도 알고 있었던 것 같습니다. 단지 죽을 장소가 남북을 가른 38선이었으면 하는 바람이었겠지요. 그로부터 얼마 후 김구 암살이란 제목을 단 호외가 서울 바닥에 뿌려졌습니다. 처음으로 눈물을 흘렸습니다. 그렇게 시름에 겨워 살고 있으려니 그 사내가 우리 있는 곳을 어찌 알았는지 귀신같이 찾아내서 왔더라고요. 그들 손아귀에서 결코 벗어날 수 없다는 걸 알았습니다. 근데 이번엔 색다른 제안을 하더군요. 조혁우란 인물을 제거해달라고 말입니다. 죽여도 그만 안 죽여도 그만이라 하더군요. 그 말이 참 묘했습니다. 죽이라는 것이 지금껏 그들이 요구했던 것이고 죽여야 하는 것이 우리 일이었지만 죽여도 되고 안 죽여도 된다는 것이 이상했습니다. 이번이 마지막이라며 마지막이란 말을 강조하는데 그

대금 소리 89

마지막 말이 꼭 우리의 명을 재촉하는 말로 들리더군요. 하겠다 말하고 조혁우란 인물에 대해 탐문에 들어가고 동선을 살폈습니다. 경호 업무를 경찰이 가져가고 총도 빼앗겼다는 얘길 들었습니다. 그때 실행한 거죠. 아니 이미 저들이 짜 논 각본에 따라 우린 꼭두각시처럼 움직인 거죠. 그런데 그들의 예상했던 대로 일이 진행되지 않고 틀어져 버린 겁니다. 우리도 짐작한 바였지만, 우리를 끌고 간 수사계 직원이 너희들은 좌익 동조자라고 하는 조서가 이미 꾸며졌다고 하는 말을 퉁겨 주는데, 조혁우가 죽으면 좌익들끼리의 내분으로 빚어진 사건으로 몰고 갈 생각이었고, 조혁우가 산다면 좌익혐의자로 체포할 생각이었다며, 두 가지 가능성을 열어두고 작성된 조서가 올라왔다고 얘기해주더군요. 그러나 너희들이 도망간다면 이 조서는 아무 의미가 없다고 말해 주는 게 꼭 도망치란 말로 들렸습니다. 그래서 우린 그 길로 도망칠 작정을 했고, 그 수사계 직원은 윗선의 말이라면서 정말 일다운 일을 해보라는 겁니다. 자정이 넘으면 그 일이 당신들을 기다린다더군요. 숨어서 주변을 살피니 형님이 끌려 나오지 뭡니까. 그 상관이란 자의 말이 이거구나 란 생각이 들자 어차피 빨갱이로 몰려 이래 죽으나 저래 죽으나 매한가지다 싶어 형님을 구하기로 맘먹은 거죠. 일제 때는 친일 매국노들하고 안 싸웠는데 해방돼서 친일 주구들하고 싸우는 우리의 정체가 뭔지 혼란스러웠습니다. 일제 때 싸웠더라면 애국자로 불렸겠지만 해방되었다고 하는 지금 세상에선 좌익사상에 경도된 극렬분자의 살인 행각이라 불리겠죠."

단도를 쥐었던 사내는 어차피 하루 따라지 인생에 불과한 우리에게 애초 지어진 이름은 없고, 남겨 놓을 이름도 없다면서 다만 만주의 칼이라 하여 만칼이란 이름으로 자신을 소개했다. 쇠절구공은 철두, 그리고 낫을 잘 쓰던 사내는 남도 말투 때문에 남도 바람인 마파람을 붙여 마파낫으로 불린다는 설명과 함께 조혁우에게 인사를 시켰다.

그렇게 조혁우를 따라 지리산으로 들어온 자들이 서른 명을 넘었고 조혁우가 지리산에서 자리를 잡자 이 사실을 전부터 알고 있던 죽창도 지금껏 행동을 같이한 야산대원 십여 명과 함께 지리산에 들었다. 근 오십 명으로 인원이 분 것은 상당히 고무적이었으나 각자 챙기고 온 식량이 얼마 남지 않은 것이 큰 문제였고, 무장을 제대로 갖추지 못한 대부분 사람 때문에 고민이 컸다. 식량 및 산에서 절대 필요한 물품 확보를 최우선으로 보투를 펼치면서 일제 말 시달서를 마구 발급하여 인민의 눈 밖에 난 주재소 등을 습격, 일정 무장을 하고 남은 일부는 산정에 남아 주변 야산을 개간, 항구적으로 식량을 해결할 발판을 마련한다는 것이 지리산 무장대의 계획이었다.

토벌대의 기습

"큰일 났시요. 조 대장 동무."

하동, 산청, 단성으로 보급 투쟁을 나갔던 대원이 급한 첩보를 물고 들어왔다.

군경 토벌대들이 시천면에 집결해 있다는 정보였다. 조혁우는 적의 동태와 침입 동선, 습격로를 예상하면서 전투태세를 갖출 것을 명령했다.

그러나 겨우 허기만 면할 정도의 보급 투쟁으로 얻은 식량 가지고는 장기전에 돌입하긴 어렵고 일부 노획한 무기로는 적과 정면에 맞서 싸우기에 불리하다고 판단을 한 조혁우는 고민이 깊어질 수밖에 없었다. 단지 무장대들이 적들에 비해 유리하다고 하는 것은 지리산 정상 천왕봉을 낀 지형을 선점했다는 것이고, 무장대 규모를 적들이 전혀 모른다는 것이다.

조혁우는 죽창을 불렀다. 밤을 꺼리는 토벌대들의 그간 행태로 보아 새벽 동이 틀 무렵 공격해 올 것이 거의 확실한데, 그 사이 적들을 효과적으로 막아 낼 방법이 없는가를 죽창에게 물었다. 간단치 않은 문제였지만 죽창은 이 전투에서 이기기보단 총알을 최대한 아끼면서 공포스러운 상황으로 몰고 가는 것이 낫다고 판단하였다. 이 전투를 통해 다른 활로를 모색할 시간을 버는 것이 유리했다.

죽창은 일부 대원들을 시켜 이징가미를 최대한 긁어모았다. 자신은 산 아래로 내려가 대숲에서 대나무를 잘랐다. 그리고 그동안 비치해 두었던 숯과 총탄을 분해하여 얻은 화약 일부를 속 빈 대나무에 넣었다. 그리고 그곳에 자잘하게 깬 이징가미를 넣어 밀랍 양초 등으로 단단하게 막고 심지를 뽑아 밖으로 내었다. 압력에 못 견딘 대나무가 순간 터져 내는 소리가 제법 클 것으로 생각했다. 그때 그 안에 든 이징가미가 빠른 속도로 비산하면서 적에게 심대한 공포를 안길 것이란 생각을 했다. 형편없는 무기, 불충분한 식량, 훈련되지 않은 대원들이 이 싸움에서 이긴다는 것은 오로지 운에 기대는 수밖에 없었다.

예상했던 대로 조혁우와 죽창이 대나무 폭탄을 어느 정도 만든 새벽, 동이 트기 무섭게 중산리와 법계사를 거쳐 칼바위를 중심으로 경찰들이 양

쪽으로 나눠서 새카맣게 몰려 올라오고 있었다. 지리산에 두 번째 진을 친 조혁우는 두려운 기색 없이 대원들에게 각자 임무를 맡겼다. 분명 한 달음에 천왕봉까지 오를 수 없는 토벌대였다. 중도에 법계사에 들러 난리 분탕질 치고 밥 강도 짓 할 것이 뻔했다. 그렇게 무거워진 몸을 이끌고 개천문을 통과할 땐 분명 지쳐 방심할 것이기에 그 빈틈을 노려 1차 타격을 주고 천왕봉 가까이에 온 토벌대들이 무장대 하나 없는 진지를 보고 소득 없이 돌아가는 배후를 치자는 전술을 내었다. 조혁우의 예상대로 토벌대들은 법계사에 죽치고 강짜를 부렸다. 6백 년 전 난바다 쪽으로 도망치지 않고 법계사로 쫓겨 온 왜구의 분탕질로 한바탕 몸살을 앓았던 법계사였다. 임진왜란 정유재란 때도 크나큰 피해를 봤으며 구한말 땐 의병을 숨겨주었다는 이유로 일제에 의해 여러 당우가 불태워지는 등 차마 말 못할 아픔을 겪은 법계사였다. 조혁우는 안타까운 마음으로 법계사 쪽으로 눈길을 두었다. 희부윰한 사위에 몸을 숨긴 순경이 앞에총을 하고 올라오는 것이 보였다. 그 수가 제법 되었다. 그러나 동작이 매우 굼떴다. 아니나 다를까 지휘관이 개천문 근처 너른 공터에 쉴 것을 지시하자 너나 할 것 없이 총을 땅바닥에 버려두고 퍼질러 앉았다. 쪽수만을 믿고 올라온 그들이기에 전투의지는 없어 보였다. 이런 그들을 향해 총 한 방 쏘면 놀란 고라니 껑충 뛰듯이 줄달음질 놓을 것 같고, 망치에 깨진 돌가루처럼 산지사방으로 튈 것만 같아 보였다. 그래도 마음을 놓을 수는 없었다. 상황을 빠르게 인식하여 발 빠른 대처 능력을 가진 지휘관이라면 신속하게 반격해 올 수 있기 때문이었다.

숲속에 포진시킨 무장대원들에게 신호를 보내자 탕! 하는 첫 총성 소리가 지리산을 찢었다. 그와 동시에 야산대들에 대한 첫 토벌을 시작한 토벌대 몇 명이 쓰러지고, 겁을 집어먹은 토벌대들이 우왕좌왕하였다. 총알을 최대한 아껴야 하는 무장대원들로서는 바위를 찾아 경충경충 뛰는 토벌대들을 정확히 겨누기 어려웠다. 총소리가 잦아든 것을 안 토벌대들은 정신을 차리고 산 위로 뛰는 무장대들을 쫓기 시작했다. 무장대들을 쫓아 천왕봉에 이른 토벌대들 눈에 타다만 시커먼 희나리와 바람에 날리는 허연 잿가루만 들어왔다. 멀리 못 갔을 것이라 짐작한 토벌대 지휘관은 제석봉으로 부하들을 몰았다. 칼바위에서 장터목 쪽으로 올라오는 또 다른 아군과 조우하여 토끼몰이식으로 협공할 계획이었다. 그러나 지리산을 누구보다도 잘 아는 조혁우는 오히려 토벌대 뒤에 숨어있었다. 창칼처럼 솟은 너덜강 비탈길에 이른 토벌대들을 향해 타들어 가는 심지에 팔뚝 길이만 한 대나무 통들을 하늘 높이 던졌다. 땅에 떨어지기도 전에 폭죽보다 큰 소리를 내며 터지는 폼이 제법 폭탄다웠다. 그 소리와 함께 대나무 통을 부수고 흩날려 퍼지는 날카로운 물체들이 산지사방으로 총알처럼 뿜어져 나갔다. 비명이 이곳저곳에서 터져 나왔다. 대포처럼 큰 소리에 놀라고 얼굴과 몸에 푹푹 꽂히는 날카로운 물체에 잔뜩 겁 집어먹은 토벌대들은 비탈진 너덜강 삐죽한 바위에 균형을 잃고 쓰러졌다. 그 몸 위로 도망치기 급급한 동료 토벌대들이 쓰러진 토벌대들의 몸을 무지막지한 발길로 짓밟고 갔다. 시체가 널브러졌다.

조혁우와 죽창이 이룬 값진 승리였다. 무장대들은 도망가는 토벌대들의 뒤통수에 대고 잘코사니를 외치며 함성을 질러댔다. 적들이 도망치고 버리고 간 무기를 여유 있게 확보하고 일부는 은닉하고 나머지는 부숴버렸다. 이 전투의 승리로 당분간 무장대들은 큰 걱정 없이 생활할 수 있게 되었지만, 이 전투로 상처를 입은 적들은 반드시 설욕을 노리고 패배를 만회하고자 대규모로 공격해 오리란 것은 쉽사리 예상되었다.

지리산이 아무리 깊고 장중한 산이라 하여도 바다 한가운데 뜬 고립된 섬에 불과한 곳이었다. 이곳을 외부와 차단하고자 적들이 취할 수 있는 행동이란 애꿎은 민간인들을 정해진 밖으로 소개하거나 불응하면 내통자란 누명을 씌워 죽일 거란 걸 조혁우는 잘 알고 있었다. 이 산에서 장시간 버틴다는 것은 산에서 크고 작은 전투를 치러낸 백 전의 그로서도 회의감이 들지 않을 수 없었다. 일제 때 그럭저럭 버틴 것은 일제 패망 1년 전이라는 한정되고 짧은 시간이었기에 가능했지, 일제가 쉽게 물러가지 않았다면 필시 그도 지리산에서 죽음을 맞이하였을 것이다. 결국 적에게 감당할 수 없는 엄청난 일이 벌어지지 않고서야 이 산에서 살아 내려가긴 힘들 것이란 걸 알았다.

그 해 찔레꽃 필 무렵 무더운 여름으로 들어설 때였다. 레포가 조혁우에게 짧은 지령문 하나를 던져주고 떠났다. 조혁우는 무장대 동지들을 급히 불러 모았다.

"동무들. 동무들의 가열찬 투쟁으로 이제 진정한 조국에 해방이 도래하는 것 같소. 영용한 북조선 인민군들이 또 다른 점령군 미제를 몰아내고 그 꼭두각시 이승만과 친일 반민족 세력들을 처단하러 지금 3·8선을 넘었소. 이제 이 시각 부로 우리의 혁혁한 투쟁을 자랑했던 지리산 무장대는 게릴라 빨치산 활동을 접고 각자 살던 곳으로 가 공화국 인민을 위한 인민의 정치 실현을 위해 전력투구하기 바라오. 여러 동무들 정말 고생 많았소."

조혁우의 말이었다. 죽창은 얼마 전부터 조혁우를 만나고 은밀히 사라지는 레포를 여러 번 봤다. 분명 엄청난 일이 벌어질 거란 예상을 하고 있었지만, 예상보다 빨리 과감한 행동을 취한 인민군들의 신속성에 놀랐다. 죽창은 조혁우에게 그동안 가보지 못했던 고향엘 다녀오란 말을 들었지만 그렇게 보고파 했던 죽음과 아들놈 대신 선묘댁이 있는 곳으로 발길을 돌려 전쟁이 났음을 이르고 바로 조혁우를 따라 북쪽으로 넘어갔다. 조혁우는 지리산 빨치산 투쟁에서 남다른 공을 세운 죽창을 공훈 심사 대상에 올렸다. 동해남부여단이란 새롭게 조직된 체계를 갖춘 빨치산을 이끌고 조혁우와 죽창은 남하를 했다. 낙동강 아래 부산으로 후퇴한 국방군들의 후방을 교란하여 장차 인민군들의 교두보를 확보하란 명령을 받은 조혁우와 죽창은 부산과 가장 가까운 언양 신불산에 지휘부를 차렸다. 경북 영덕을 거쳐 처음 운문산에 마련했던 지휘부는 최종 공략하려는 부산과 지리적으로 너무 멀고, 보급 투쟁에도 유리하지 않다는 판단에 재약산 주암골로 지휘부를 옮겼다. 그러나 앞뒤로 공격해 들어오는 적들을 살필 수 없다는 난점과 후퇴 시 퇴로가 막히는 불리한 지형 등 여러 근거를 들어 최종 적합지로 신불산 갈산고지에 사령부를 차렸다. 조혁우는 동해남부여단 사령관으로 역할을 수행했다.

죽림굴

죽창은 선묘댁이 겉으론 강퍅하게 자신을 떠나보내려 하면서도 마음이

으깨지고 있다는 것을 잘 알고 있었다. 조국 해방이니, 인민해방이니, 계급 없는 사회니 그런 거대한 명분과 구호가 한 여인이 겪는 슬픔 앞에선 참으로 낯설고 보잘것없어 보였다. 무수히 쏟아지는 별빛을 고개 젖혀 바라본 죽창은 자기 다리를 들어 땅을 툭툭 쳤다. 많이 나았다고는 하지만 가랑이 사이로 찬바람이라도 들면 뼛속에 찬 얼음을 넣은 것처럼 시렸다. 그럴 때마다 목발에 의지한 몸이 허든거렸다. 선묘댁이 자신에게 바리바리 싸준 패물 든 보따리를 잡은 손을 물끄러미 보았다.

"요거사 돈도 안 되는 은반지구만요. 뜨게부부라도 부부는 부부닝께 내사 당신에게 주는 정표요. 잘 끼고 잡으소."

죽창에게 정을 담뿍 담아 말을 건네던 선묘댁 얼굴이 떠올랐다. 죽창은 작괘천 물빛에 반지 낀 손가락을 들어 보였다. 달그림자 비친 반지가 참으로 고왔다. 엄지손가락으로 반지를 조심스레 쓸었다. 이슥한 밤이 되기를 기다렸다. 신불산 사령부로 가장 빠르게 갈 수 있는 길은 덧천골을 지나서 작괘천을 거슬러 신불산 칼등으로 올라 곧장 내려가는 것이 가장 빨랐다. 하지만 도끼로 내려찍은 듯 큰 골에 숨은 계곡이 있는, 험준하기 이를 데 없다는 도치메기등으로 방향을 잡았다. 웬만한 강심장을 가진 산판꾼조차 접근하기 힘든 곳이었다. 그곳이 가장 안전할 거란 계산을 마친 죽창은 불편한 몸을 이끌고 골을 타고 넘었다. 그러나 혹여 잠복해 있을 군경 토벌대들에게 더 신경이 쓰였다. 밤을 두려워하는 저들의 심리를 그 누구보다도 잘 아는 죽창이었다. 대포알이 날아오는 것을 볼 정도로 환한 대낮 쇠내골 사자벌에서 신불산 우는등 쪽으로 무지막지하게 쏘아대던 그들이 두려워하는 것은 밤이었다. 야심한 밤이 이르기도 전에 해방 전 일본 놈들이 거송을 벌채할 때 쓰던 산판으로 서둘러 물러나거나 태가꾼들이 숯을 굽던 아래 숯막으로 내려가 아침 되기를 기다려 도망쳤던 그들이었다. 깊은 밤을 틈타 바위골을 타면서 야행하는 게 힘들기는 해도 신상에는 여러모로 나을 거란 판단을 했다. 성치 않은 몸으로 협곡을 타고 에움길을 돌아 신불재에 들어서니 그제야 안심이 되었다. 죽창을 알아본 빨치산 초병의 의심 가득한 눈을 군호 하나로 누른 죽창은 조혁우 사령관에게 보고할 것을 이르고 발길을 떼었다.

"아니, 죽창 동무! 이게 어떻게 된 일이요? 이렇게 살아 돌아오다니. 살아서 만나다니 감개무량하기 이를 데 없소."

사령부 막사에서 죽림굴까지 마중 나온 조혁우 사령관이었다. 사선을 넘나들고 생사고락을 함께했던 동지를 대하는 살가운 말투였다.

"그렇잖아도 적진에서 가까스로 살아 돌아온 성연철 동지한테 소식을 들었소. 비통하기 그지없었소. 슬퍼할 겨를도 없이 여러 사람을 부산까지 보내서 죽창 동무의 흔적을 샅샅이 뒤졌으나 어디에도 없단 보고에 내심 안도했소. 경찰서, 군부대 어디에도 죽창 동무가 감금되었단 소릴 못 들었기 때문이오. 분명 어딘가에 살았을 거란 강한 믿음이 들긴 했지만 이렇게 살아 돌아온 죽창 동무를 보니 이거 뭐라 달리 표현할 말이 없소. 하여튼 반갑고 고맙소. 환영하오."

굵고 거친 손으로 죽창의 손을 꽉 거머쥔 조혁우는 죽창을 꼭 껴안았다.

아무런 임무도 어떤 지시도 죽창은 받지 않았다. 조혁우 사령관의 특별 배려였다. 비트에 은신하면서 조섭을 잘하란 말만 받았을 뿐이었다. 다쳤던 다리에 짱짱한 힘이 들어가는 것이 웬만한 보첩여비 동무도 따라잡을 만했다. 그러나 마음뿐이었다. 한번 다친 몸이 예전 같지 않았다. 무성한 조릿대로 은폐된 죽림굴에서 보름을 난 죽창은 겨우 한두 사람 드나들 만큼 입구가 작은 굴임에도 안쪽으로 들어갈수록 서른 명 가까운 인원이 들어앉아도 더넘차게 너른 굴을 보고 놀랐다. 굴 안쪽에서 새 나오는 물은 바깥으로 흐르지 않고 돌 틈 밑으로 바로 빠지고, 그 물로 밥을 해먹으려 불피운 연기도 굴 안쪽으로 감쪽같이 사라져 버려 산짐승조차 눈치 못 챌 신비스러운 굴이었다. 죽창은 이 굴이 빨치산이 처음 발견한 굴은 아닐 것이란 생각이 들었다. 이런 굴이 있단 말을 동리 어른들을 통해 어릴 적에 들었던 성연철이 사령부에 보고했고, 조혁우는 성연철과 함께 온 산을 쏘다니며 찾아 나섰다. 무엇보다도 전투 중 상처를 입은 환자를 숨겨 치료할 만한 곳과 적들이 뿌리고 간 삐라를 주워다 재등사하여 선전물을 만들 안전한 비트를 찾던 중이었다. 신불산과 이어진 영축산 여천각시굴은 바위산 중턱에 엄장한 바위로 엄폐되어 있긴 하나 신속하게 오르내리기엔 너무 험하고, 여차하면 탈주해야 할 상황을 곤란하게 만드는 불리한 지형적 조건과 결정적으로 사령부와 너무 멀리 떨어졌다는 것이 가장 큰 단점이었다. 굴은 여러 곳이 있었으나 조혁우 사령관 맘에 드는 굴은 하나 없었다. 그곳을 포기하고 몇 날 산을 뒤져 찾아낸 곳이 이 죽림굴이었다. 아이 팔뚝만 한 삼 척 크기의 우거진 조리대 너머로 죽림굴이 있단 말을 들은 성연철이 조리대가 자라고 있을 만한 곳은 죄다 발품 팔아 찾아다녔다. 겨우 지게 하나 걸치고 다닐 산 소롯길에서 다리 참을 하고 있을 때 바람에 서걱대는 소릴 듣고 고갤 돌려 돌아보다 발견해 낸 굴이었다.

오 리 정도 떨어져 있는 사령부가 한 시야에 다 들어와 언제든 연락이

가능하고, 골안개가 끼지 않는 날엔 오십 리 밖 청수골 한년마을까지도 볼 수 있는 굴이었다. 답곱장이가 아니라면 작은 개미 새끼의 움직임도 포착할 수 있는 유리한 곳에 숨겨진 굴이었다. 아식보총을 든 저격수 한 명만 배치해 둬도 될 만큼 천혜의 조건을 갖춘 굴이었다. 그러나 토벌대들 눈엔 절대 눈에 띄지 않는 은지여서 빨치산들은 이 굴을 죽림굴 대신 사람 살리는 살림굴, 생림굴이라 불렀다.

성연철은 1866년 천주교인이 극심하게 탄압받던 병인교난 때 백여 명 가까운 사람들이 이 굴에 숨어 목숨을 부지했다고 하였다. 비기, 비결서라고 읽히는 정감록에서 밝힌 사람을 살릴 만한 산들이 소백산, 지리산, 태백산, 덕유산, 속리산 등 만학천봉 고봉준령을 품은 명산만 있는 것이 아닌 죽을 사람이 살면 그게 십승지가 아니고 무엇이겠냐며 반문하는 성연철의 말에 죽창은 고개를 끄덕였다.

"죽창 동무 이것 보시오."

한글도 제대로 읽을 줄 모르는 마파낫이 죽창에게 가까이 다가가 앉으며 종이 한 장을 보여주었다.

"이 여자. 이거, 이경애 동무 아니오?"

글을 한번 죽 읽지 못하고 뜨문뜨문 어눌하게 읽는 마파낫이었지만 이경애란 이름을 읽을 때 죽창은 귀가 번쩍 뜨였다. 삐라 속 여자는 분명 이경애였다.

"얼마 전에 비행기에서 엄청 뿌리더만요. 아니 근디 요상시럽지 않으요? 살아 돌아온 성연철 동무의 말로는 분명 죽었을 거라 했는데."

죽창은 미안함과 아쉬움에 삐라를 똑바로 보지 못했지만, 이경애가 살아있다는 것만으로도 반가웠다.

"아, 글씨 이 시불년이 배신해서는 자유대한 품으로 돌아오라면서 투항한 자는 살려준다며 어서 산에서 내려오라고 말하더라니께요. 배신도 이런 배신이 있당가요. 이 요망한 년 만나면 내 당장 이 낫으로 가랭이를 죽 찢어 놓을팅게."

죽창은 도무지 믿기지 않아 그날 기억을 곰파서 추적해 보았다.

"죽창 동무, 내는 이미 글렀으니 죽창 동무만이라도 살아 돌아가 공화국 혁명 임무 완수하시오. 그리고 사령관 동무와 많은 동무께 내 이름 잊지 말아 달라고 전해 주시오." 하던 이경애였다.

그런 이경애 얼굴이 들어있는 삐라를 물끄러미 쳐다보던 죽창은 지리산을 중심으로 싸우던 빨치산 유격 전구를 거의 궤멸, 초토화시킨 토벌대들이 잔여 빨치산에 대한 전략을 바꾸고 있다는 것을 삐라를 통해 알았다. 사로잡은 자는 물론 투항한 자도 잡아 죽이는 방식을 접고 전향을 최우선으로 선무공작에 이경애를 투입했다는 게 보였다. 약화된 체력에 따른 전투의지를 상실하고, 무기력증에 빠진 빨치산들의 정신적 대열을 흩뜨려 놓거나 의식의 연대를 무너뜨리려는 고도의 심리전이었다.

이경애의 마음이 바뀌었건 안 바뀌었건 그녀가 적들 손아귀에 있는 이상 삐라를 통한 선무 작전에 투입되는 것은 그녀 자신이 선택할 수 있는 것이 아닌, 어쩔 수 없었으리란 것을 죽창은 이해했다. 투항이니, 전향이니, 변절이니, 배신이니 하는 자체를 애초 나약했던 한 인간의 잣대로 평가하는 게 무리란 생각과 살아있음에 살아야 하는 그 버거운 삶은 두고두고 자신의 영혼을 괴롭힐 것이란 걸 죽창은 알았다. 그래도 살아 있다는 것이 고마웠다.

"마파낫 동무. 좀 전에 삐라를 읽던데, 글자를 압니까? 저번에 분명 일자무식 까막눈이라 했잖소."

"그랬지라. 저기 저 짝, 알 하나 없는 안경 끼신 분 보이지라. 그분이 갈차줬당게요. 철두 저 자슥은 당장 죽을지 낼 죽을지 모르는디 글은 배워서 뭣하냐고 해서 나 혼자 배웠지라."

자신을 가르쳤다고 하는 자를 마파낫이 턱으로 가리키자 안경테를 들어 올린 사내는 죽창을 보고 시익, 웃었다. 거무룩하게 자란 수염 틈에서 하얗게 드러난 이가 더없이 맑아 보였다.

허상의 구원자 예수, 요망의 방관자 부처

"보소. 거, 삐라 거꾸로 들도 말고 글도 좀 배우소."

"웃따, 이 양반. 청명에 죽으나 한식에 죽으나 죽긴 매일반인디, 글 배워서 뭣하당가? 글구, 글은 몰라도 볼 줄은 알구만이라. 이 늠의 년 가랭이 어찌 찢어졌나, 거꾸로 들고 보는디 글은 뭐 필요하당가요."

며칠 계속해서 토벌대들이 뿌려대던 삐라를 주운 마파낫이 빈정대며 말하였다.

"에이, 이 냥반아! 죽긴 나도 마찬가지지만 죽을 때 '내 이렇게 죽네'라고 이마빡에 쓰고 죽으야 싸나이 아니오."

"싸나이?"

사나이란 말에 마파낫의 귀가 솔깃해졌다.

"슨상 동무, 그럼 글 갈차주쇼 잉. 글 갈차주면 이산 저산 녹수청산 봉황 넘나들 듯이 업구 다닐팅게. 사실 이년 보소. 요로코롬 짧은 치마 둘러쳤는디 어느 놈 하초가 국으로 가만 있겄소."

"그래도 그러는 게 아니외다. 적들의 고문과 협박에 넘어갔을 수도 있잖소. 사람을 겉으로만 봐선 아니되오."

"으메, 으짤까. 슨상 동무 입에서 그런 말이 다 나온당가요. 슨상 동무가 저번짝에 했던 짓 보면, 어이쿠 이 낯에 내장 끊어진 놈이 한두 놈도 아니고, 멱 딴 게 한두 놈 아닌 내가 울고 갈 참이오."

마파낫과 주거니 받거니 말수작을 부리던 사람은 통영 출신으로 보통학교에서 교편을 잡던 선생이었다. 지식인이라면 한 번쯤 눈 돌렸을 법한 좌익운동에 한 번도 가담치 않고 그렇다고 우익진영에도 몸담지 않은, 오로지 기독교 신앙인으로서 종교란 믿음을 가지고 산 나름대로 신실한 사람이었다. 그가 이 산까지 흘러든 것은 어떤 이념과 사상에 경도되어 온 것이 아닌 철저히 복수하기 위해서였다. 왜정시대 일본 놈 아래서 청지기 마름 노릇하던 자들이 일제가 물러가자 과수원 방앗간 등 적산을 차지하는 감바리 같은 짓을 그냥 보아 넘기지 못하고 한마디 한 것이 화근이 되어 졸지에 공산 분자로 몰리게 되었고 그것이 그를 이 산까지 오게 만든 것이다. 적산을 불하받은 자가 앙심을 품고 공산 폭도, 좌익 활동, 좌익 동조, 좌익 동정, 좌익 혐의 등으로 작성된 문서를 경찰에 넘겼는데, 그 명단에 그의 이름이 들어 있었던 것이다. 그가 결코 좌익물에 들 사람이 아니란 걸 학교장과 면장 심지어는 그가 다니던 교회 목사도 알고 있었지만, 누구도 적극적으로 나서서 그가 좌익분자가 아님을 항변해 주질 않았다. 심지어 좌익분자가 아님을 스스로 밝힐 기회조차 주지 않았다. 좌익이라 한번 낙인찍히면 빠져나올 수 없단 걸 진작부터 안 슨상 아버지는 그를 빨대 하나만 들려 뒷간 똥통에 반나절을 숨겼다. 한밤중 똥물을 뒤집어쓰고 나온 그였다. 주변은 참혹하기 이를 데 없었다. 얼마나 맞았는지 허여물건한 뇌수를 땅바닥에 쏟은 채 엎디어 죽은 아버지와, 겁간하려던 자들에게 얼마나 반항했는지 손톱이 다 들린 아내는 대추나무에 매달려 교살당했고, 아이들은 대창에 얼마나 찔렸는지 몸 성한 곳 한군데 없이 죽었다. 눈 뜨고 도저히 볼 수 없는 자닝하고 처참한 광경에 넋을 잃은 슨상은 이 원수를 갚지 않으면 절대 눈감지 않겠다는 다짐을 두었다. 헛간에서 낫을 꺼내 들고 평소 내 집같이 드나들던 교회 목사를 찾아갔다. 목사는 죽은 줄만 알았던 슨상이 살아서 자기 앞에 선 걸 보자 귀신 본 것처럼 무척 놀라면서 뒤로 물러섰다. 그 놀라움과 두려움도 잠시, 이내 정신 차린 목사는 슨상의 손을 꼭 쥐더니 신도들의 머리를 매만지며 설교하던 식의 부드러운 음성으로,

"길 잃은 목자여 슬퍼하지 마시오. 이 시련과 수난은 하나님이 일부러 그대를 시험에 들게 한 것이니 그대 죄를 사함에 있어 절대자 하나님이 용서치 않을 자들을 반드시 심판하여 그 죄를 물을 것이요. 전지전능하신 하나님 받들어 이 길로 사탄의 무리 속 그대를 구원할 경찰서로 가서 자수하시오."

이런 목사의 가증스럽기 짝이 없는 설교에 슨상은,

"하나님은 무슨, 하나님이 있다 이거지 자."

그러면서 허리춤에 감췄던 낫을 들어 목사 모가지에 푹 꽂았다. 외마디 비명을 지를 틈도 주지 않고 낫을 자신의 몸쪽으로 쑥 빼니 낫 틈을 비집고 분수처럼 터져 나온 피로 슨상 얼굴은 빨간 홍동지가 되었다.

그 얼굴을 하고 바로 목사가 기거하던 방에 쳐들어가 목사 마누라를 한 낫에 베버렸다. 그 옆에 있던 아이에게도 낫을 들어 내려치려는 순간 슨상은 무슨 생각이 들었는지 자기 눈에 들어온 아이의 겁 질린 표정을 보자 낫을 떨어뜨리고 방에서 나와 버렸다.

"허상의 구원자 예수, 요망의 방관자 부처. 신은 오로지 복수하는 자에게 있다"는 말로 신을 갈아치운 슨상은 미륵산에 숨어 한나절을 버티며 동정을 살폈다. 그때 부두에 수십 명을 태운 배가 통통거리며 난바다로 나가는 것이 보였다. 허리에 권총과 일본도를 찬, 시퍼런 제복의 경찰. 그리고 대창을 쥔 사내와 한방에 사람을 격살할 수 있으리만치 딱딱하고 부러지지 않는 박달나무와 물푸레나무를 들고 선 사내 여러 명이 철삿줄에 뒤엣손 자세로 묶인 사람들을 이물 칸으로 몰아대고 있었다. 무릎 꿇린 사람들을 뱃머리 아래로 고개를 빼라고 발길질하는 순경이 일본도를 들어 내리치니 뎅겅 잘린 목이 바다로 나가떨어졌다. 마치 잘린 자기 목을 찾으려고 바다로 뛰어드는 것 같은 몸뚱어리가 갑판 아래로 떨어지자 철삿줄에 묶인 사람들 장기 튀김하듯 줄줄이 바다로 떨어졌다. 죽은 사람에게 돌을 매달아 바다에 빠뜨리거나 뒤통수에 대고 총을 한방씩 매겨 고기밥이 되게 하는 건 꽤 험한 꼴을 여러 번 봐온 슨상도 무덤덤했지만, 먹지 못해 버짐 잔뜩 피고 뼈도 덜 여문, 죽음이 뭔지도 모르면서 폭력에 잔뜩 주눅 든 어린 학생들을 돌에 매달아 산 채로 수장시키는 것은 차마 눈 뜨고 볼 수 없었다. 뽀르륵! 소릴 내며 치오른 물속 공기 방울이 마치 어른들을 원망하여 피어오르는 그들 영혼 같았다. 인간으로 태어난 자신을 저주했다. 그때부터 슨상은 '증오는 힘이고 힘은 복수다'란 생각에 철저하게 죽음의 칼을 갈았다.

마파낫도 두 손 두 발 바짝 들게 만든 사건은 양산지서 습격 사건이었다. 통영에서 까까머리 중학생 열 명을 일본도로 목 쳐 죽인 서준협이란 작자가 양산 지서장으로 발령받아 온다는 정보를 얻어들은 슨상은 자신과 똑같은 아픔을 겪은 빨치산 셋을 모아 사령부에 보고하지도 않고 지서장 사택을 습격한 사건이었다. 보초를 서던 순사 두 명을 해치우고 서준협을 끌어낸 슨상은 벌벌 떨고 있는 서준협에게 다가가,

"니가 효시梟示를 아느냐? 효시는 부모의 살을 쪼아 먹고 자라는 올빼미의 패륜을 만천하에 알려 나무에 목매달아 죽이는 것을 말한다. 너는 이 민족 이 강토에서 피와 살과 뼈를 받고 자랐음에도 할육충복한 죄, 효수다.

육장肉醬을 아느냐? 간과 뇌를 내어 토막 내 끓여 먹어도 시원찮을 놈. 너란 놈은 끓는 물에 삶아 팽육된 너의 머리를 창대에 꿰어 시장통 한가운데 널어놓아 염불위괴한 죄를 묻는 기시육장이다.

박피剝皮를 아느냐? 너의 인두겁 껍데기를 한 꺼풀 한 꺼풀 벗겨 떼어내 고통 속에 죽어 가게 할 것이다. 만륙유경, 너의 죄는 효수와 팽육과 박피의 형벌로도 다하지 못할 크나큰 죄이지만 이만한 걸 다행으로 여겨라."

그리고는 마당 가로 나와 사시나무 떨듯 벌벌 떨어대는 서준협 마누라에게 솥을 걸고 불을 때게 하고는 서준협의 혀를 집게로 끄집어내어 자르

고, 칼로 눈을 도려내어 잉걸불 아궁이 속에 던져 넣었다. 이 광경을 본 마누라는 그 자리에서 실신해버렸다. 살이 제일 많은 서준협의 허벅지를 칼로 주욱 내려그으니 익은 석류껍질 터지듯 쩍 벌어진 살 속에 고여 있던 피가 바닥으로 뚝뚝 떨어져 땅을 흥건하게 물들였다. 이어 생선포 뜨듯이 서준협의 살을 바르는 슨상이었다. 그런 슨상의 잔인한 일면을 본 빨치산들은 혀를 내둘렀다. 그러나 여전히 숨이 붙어 있음을 확인한 슨상은 서준협을 작두날 안으로 밀어 넣더니 있는 힘껏 작두칼을 내리눌렀다. 사람 목은 뼈가 있어 쉬이 끊어지는 게 아닌지라 이번에는 모탕에 꽂혀있던 도낏자루를 들어 내리치니 그제야 목이 뎅겅 잘리고, 목과 분리된 몸은 뒤로 나자빠지면서 피를 뿜어내는데, 빨간 물감 뿌려 놓은 듯한 피무지 된 마당은 비릿한 냄새로 질펀했다. 시뻘겋게 피범벅 된 얼굴과 광기 어려 빛나는 슨상 눈을 본 개도 짖지 못하고 마루 밑으로 숨었다. 그렇게 잘린 머리를 끓는 솥에 던져 넣은 슨상은 대밭에 들어가 대나무 하나를 베어 오더니 솥단지에 삶아진 서준협 머리를 대창에 꿰어 달고, 마당에 엎어진 목 없는 시신은 지게에 실어 삼경 달빛 비추는 논길을 걸어가니 그 모습은 마치 귀축과 다름없었다. 그렇게 팽육과 박피의 형벌을 이룬 슨상은 마지막 효시를 하러 양산 읍내로 나아가 서준협 머리를 높은 나무에 매달았다. 달구리 치기도 전 새벽녘, 새벽잠 먼 노인이 대창에 꿰어진 처참한 광경을 목격하고 가까운 지서에 신고하자 울산, 울주, 언양, 양산 심지어는 부산에 있는 군경들이 새까맣게 몰려왔다. 뒤늦게 이 사실을 접한 조혁우 사령관이 슨상을 체포할 것을 명령했으나 슨상은 그보다 앞서 제 발로 걸어 들어왔다. 조혁우는 슨상에게 총을 겨누었다. 이미 세상을 버린

대금 소리 **107**

듯한 젖국 눈을 뜨고 하늘을 한번 바라본 슨상은 사령부 앞에 크게 자란 두 소나무 중 한 나무 앞으로 걸어가 섰다.

"슨상의 중차대한 과오는 이미 여러 동무의 눈과 귀로 사실이 입증된 바 해명이란 필요 없다. 빨치산의 존속은 전투가 아니라 기율과 규율에 있다. 슨상의 개인 일탈과 독단적 행동은 전체 빨치산의 궤멸을 불러올 만한 심각한 것이다. 또한 엄연한 군기가 살아있는 조직에서 군령을 어긴 것은 추호도 용서 못 할 죄이다."

이렇게 말을 마친 조혁우 사령관은 슨상에게 마지막 할 말 있으면 해보라 했다.

"삶이 한 부분인 죽음이 떼어졌다고 해서 어디 사는 게 사는 것입니까? 사령관 동무, 전 이승에 별 미련 없습니다. 죽는 마당에 비장한 말이 무슨 소용 있겠습니까? 또한 그런 말이 인간사에서 얼마나 허망한 것인지, 불쌍한 인간들을 얼마나 농락하는 말인지 내가 한 때 하나님을 믿어보니 알겠습디다. 하나님의 명령에 따라 내 안에 잠재된 분노를 없애려고 무던히도 노력했습니다. 하지만 분노 없는 사랑이 얼마나 기만적인지, 사랑 없는 분노는 또 얼마나 야만적인지 똑똑히 보았습니다. 분노할 줄 모르는 이 순박한 사람들을 충격과 공포로 겁박하여 고래로 노예적 삶을 강요하는 저들의 짓은 하나님 뜻이고, 저들과 같은 방법으로 폭력을 행하면 하나님 뜻에 반하는 이 어처구니없는 세상, 하나님 뜻이 어디 있는지 이참에 꼭 밝히고 싶었습니다. 저들의 손에 의해 죽임을 당하면서도 마땅히 갚아야 할 응징과 복수가 저들이 뿌린 종교로 순한 양 되어버리는 이 사람들, 그러니 종교의 탈을 쓴 저들 위선자에게 향할 복수의 칼은 무딜 수

밖에 없습니다. 인민의 힘과 인민의 믿음을 얻기 위해 정당한 방법을 써야 한다고 하지만 극악한 폭력으로 저항을 마비시키고 무도한 행위로 분노를 잠재우는 저들의 악습을 끊기 위해선 냉철한 이성도, 합리적 지성도 아닌 똑같은 방법을 써야 합니다. 사람이 아닌 자들에게 어설픈 관용과 용서는 참극을 부른다는 걸 지난 세기 동안 똑똑히 봐왔습니다. 종교로 구원받은 자 따로 있는 것이 아닌 선을 자기 것으로 악을 제거하는 그 힘은 바로 똑같은, 아니 그보다 더한 폭력을 써서 쟁취하는 것입니다. 한 줌도 되지 않는 사악한 무리를 발본하는 건 광기 어린 무자비한 폭력이지, 예수의 사랑과 부처의 자비가 아닙니다. 그딴 건 우리 세상이 왔을 때 그들을 다스리고 길들이기 위해 남겨둬야 할 방법입니다."

 이 말을 마친 슨상은 천천히 눈을 감았다. 조혁우 사령관은 총을 들었다. 총신만 허공에 덜렁 떴을 뿐 방아쇠를 당기진 못했다. 종교와 이념의 차이를 받아들이지 못한 사람들이 선악을 만들어 수많은 사람을 죽게 만든 무서운 결과가 전쟁이 아닌가? 이기는 쪽이 선을 취하고 선을 취한 자들이 행하는 폭력이 정의가 되는 세상에서 어쩌면 슨상 말이 옳을지도 몰랐다. 조혁우 사령관은 총을 내리고 뒤돌아서 사령부 막사로 들어갔다. 이 모습을 본 마파낫은 의외란 표정을 지었다. 경계근무를 소홀히 한 초병과 보투를 게을리한 보투원에게 추상같은 엄벌과 냉혈적인 징벌을 내렸던 조혁우 사령관 모습이 아니었기 때문이었다. 슨상을 전투원이 아닌 선동 유인물을 작성하는 문화선전 대원으로 보내라는 조혁우 사령관의 명령에 이 광경을 숨죽여 지켜보던 마파낫이 그제서 슨상을 부축여 죽림 굴로 들어왔던 것이다.

"그래서 저 슨상에게 글을 조금 깨우쳤구만이라. 무식한 게 어떤 건진 몰라도 글 모르는 무식함이야 세상에서 가장 없이 여겨지고 천대받는 거 아녀겠어라. 내 이제 죽어도 여한이 없당게요. 만칼 형님만은 몬햐도, 그래도 저 돌빠구 철두보단 낫제라."

마파낫이 어깨를 으쓱 들어 보였다. 그 사이를 비집고 들어선 슨상이 한마디 거들었다.

"아, 이 마파낫 거 무장 똑똑하외다. 낫을 놓고 기역 그럭카니 기역이라 외우고, 낫을 앞으로 엎고 모로 굴려 니은, 하니 니은 알아 묵고, 니은 낫에 막대기 하나 걸쳐 디귿, 디귿 하더이다. 그러면서 낫으로 비읍까정 순식간에 깨치더니 달포도 안되야서 저리 한글을 읽는다 안합니까."

마파낫과 오유 동생을 먹었다면서 무척 친근감을 표현하던 슨상이 죽창을 향해 말했다.

"죽창 동무 이래 뵈니 반갑소. 죽창 동무에 대해선 익히 알고 있었소. 지리산 전투에서 혁혁한 전과를 올렸다는 걸. 내사 마파낫 동무한테 들어서 알고 있소. 시대를 다들 잘못 만났지요. 애국자들이 만고역적 빨갱이가 되얐으니."

말끝에 여운을 남겨둔 슨상이 입맛을 쩍쩍 다셨다.

"이건 내사 마, 할 얘기는 못되겠지마는 내가 저지른 사건이 빨갱이는 살려둬선 안 된다는 군경 땅개들의 복수심에 불 지른 면도 있지만, 요 근래 삐라를 부쩍 많이 뿌리고 가는 비행기를 보면 뭔가 심상치 않은 일이 벌어질 것 같은 예감이 듭니다. 저들도 한 면만 인쇄하고 한 면은 여백으로 남겨두면 그 여백에 우리가 재등사하여 선전물을 만든다는 것을 분명히 알 것인데, 그러면서도 뿌려대길 수차례나 하기에 하도 요상시러워서 신불산 꼭대기에 올라 내려다 보이카네, 소대 인원을 동원하여 삐라를 수거한 곳은 그냥 울창한 숲이었고, 줍지 않은 곳은 허옇게 삐라로 덮였다 아입니까. 아뿔싸! 저들의 꾐에 빠졌다는 생각이 들지 뭡니까. 그래, 부랴부랴 사령관 동무에게 이 사실을 알렸드만 심각하게 받아들이더이다. 이미 노출되었다고 판단한 비트는 옮기거나 파괴했지만, 우리와 같은 생각을 한 적들도 그곳을 집중 공격할 것이란 건 명약관화한 일이죠. 지금은 삐라를 거들떠보지 않습니다. 그들을 속이겠다고 주워 옮기면 아마 저 삐라는 마지막 귀순 투항을 권고하는 것이 아닌 우리들의 이승 하직서란 생각이 듭니다."

슨상과 얘기를 나눈 죽창은 조혁우 사령관의 부름을 받고 갈산고지를 향해 걸어갔다. 어쩌면 이 길을 걷는 것이 마지막일 수도 있겠다는 생각이 들었다. 선묘댁이 끼워준 반지를 오른손 엄지와 검지로 닦듯이 매만지며 하늘에 맞닿아 끝도 없이 펼쳐진 신불평원을 바라보았다. 억새가 장관이었다. 은빛 이삭을 머리에 인 억새가 바람에 한 번 일렁일 때마다 온 산이 두둥실 떠다니는 것 같은 환상을 느꼈다. 억새의 길쭉한 잎이 하느작거리면 은빛 이삭이 따라 움직이는데 처음엔 같이 움직이다가 바람이 거세지면 이삭이 먼저 눕고, 먼저 누운 이삭을 잎이 끌어 올리며, 잎이 누웠다 싶으면 이삭이 몸을 세워 잎을 일으키는 동작을 바람이 멎을 때까지 계속했다. 그래서 억새인지 몰랐다. 칼날 같은 산꼬대와 차가운 산돌림을 맞고 천둥소리에 떨다가 번개에 화르륵 제 몸이 불살라지는 억새, 빨치산의 운명과 저 억새의 운명이 별반 다르지 않았다. 죽창은 죽음의 대금 소리를 듣다가 죽음에게 억새와 갈대의 차이에 관해 물었던 것을 기억해 냈다.

"어이, 죽음. 대금에 붙이는 그 청은 어찌해서 억새는 없고 갈대에만 있는가?"

이런 죽창의 질문에 죽음은 예로부터 들었던 억새와 갈대에 관한 얘기를 꺼냈다.

"원래는 억새와 갈대 둘 다 같은 형제였네. 하루는 억새가 말했네. 갈대, 너는 나와 비슷하게 생기긴 했지만 험상궂은 마디가 있는 것이 천하디 천한 종자였음에 틀림없다. 그러니 따로 떨어져 사는 게 낫겠다.

그 후로 갯가로 쫓겨 간 갈대는 허구한 날 찬물에 몸을 담그며 살았지만, 그런 갈대와 달리 억새는 은관을 머리에 이고 우유도일 안한자적하며 선상 너른 벌 궁전에 살았지. 다들 억새의 은빛 우아한 자태에 부러운 눈길을 보냈지만 그런 억새와 달리 갈대는 누런 갈대꽃이어서 볼품없었지. 그런데도 때 되면 자기 품으로 찾아온 기러기, 왜가리, 원앙이 낳은 새끼들을 잘 보살펴 하늘을 날게 했고, 처지가 어려운 동물들을 숨겨주었지.

하루는 굵은 마디를 허리에 찬 헌헌장부 황죽이 강줄기를 따라 거슬러 오르는데, 내 이르노니 동해상 왜구의 침입을 막으려 나를 바쳐 악기를 만들 것이다. 이중 나와 뜻을 같이할 자 없는가? 그 말에 억새가 쪼르르 뛰어와 이르길, 내 머리에 인 은관을 바치겠나이다. 이 말을 옆에서 들은 신하 오죽이 황죽에게, 폐하, 저자의 마디 없는 몸을 보니 벽항궁촌 토담벽 외로 쓸 것밖에 안 되고, 여항간 풋장에나 재워 불쏘시개로만 쓸모 있고, 저자가 자랑하는 은관은 말라비틀어져 지붕 이엉에나 어울림 직합니다. 그렇다면 저 갈대는 어떠한고? 폐하, 뭇 생명을 품고 보듬기 위해 거친 바람과 파도에 부러지지 않으려 제 몸에 마디를 낸 갈대이옵니다. 저 여인의 안을 보면 그 고통에 몸부림친 흔적 청이 있을 것이니 그것으로 폐하가 꿈꾸는 세상 만드소서.

이 말을 들은 황죽은 갈대를 침소로 불러들였지. 찹찹하면서도 보드랍고 백옥처럼 하얀 갈대의 살결에 그만 불끈 달아오른 몸을 주체할 수 없었던 황죽은 갈대를 있는 힘껏 껴안았지. 하지만 갈대는 그럴수록 더 탱탱해져 황죽을 받아들이더라. 그리해서 청은 갈대에만 있게 된 것이고, 억새는 없지. 황죽은 초야를 밝히기 위해 갈대를 묶어 불을 붙였는데 그것이 나좃대란 것이지."

이런 죽음의 푸진 너스레에 죽창은 한바탕 웃었던 기억을 떠올렸다. 더넘바람에 흔들리는 억새를 보니 죽음이 몹시 보고파졌다.

"죽창 동무 어서 오시오. 그래 다리는 어떻소? 운신할 만하오?"

조혁우 사령관의 우렁우렁한 말투가 사령부 비트 안을 울렸다.

"내 죽창 동무를 부른 건 한담이나 나눠 보자고 불렀소."

허리에 권총을 찬 모습이 여전히 헌걸차 보였으나 어딘지 모르게 쓸쓸해 보이는 조혁우 사령관이었다.

"죽창 동무도 알고 있었을 것이지만 경북 동해안 일대로 내려온 게 전쟁 일어나기 일 년 전이지요. 그러다가 전쟁 발발 1년 후 불리해진 전세를 극복해 보고자 지리산에선 6개 도당 대표가 모여 이현상 동지를 사령관으로 추대했지요. 죽창 동무와 난 경북도당에 있었고요. 며칠 전 마지막이랄 수 있는 결정문이 내려왔습니다. 우리 여단을 제4지구 지구당으로 개편하란 것인데, 전쟁을 총지휘하는 유성철 작전국장의 명의로 된 지령문이니 그걸 보건대 이 전황이 우리에게 절대 불리함을 밝히는 글이 아니겠소. 자, 읽어 보겠소?"

죽창은 조혁우 사령관이 내밀어 준 94호라 인쇄된 결정문을 보았다.

「조국해방전쟁 과정에 있어 당 단체는 영용한 투쟁을 전개했으나, 자기 임무를 당이 요구하는 수준에서 수행하지 못했다. 전쟁 시작 후 1년이 지났으나, 빨치산의 투쟁은 결정적인 성과를 얻어내지 못했으며, 대중을 조직하여 폭동을 일으키지 못했고, 인민군의 공격이 있었음에도 국방군 내부에 의거 운동과 와해를 일으키지 못했다. 이것은 당 정치노선과 정책은 옳았는데 남한 안의 단체들이 잘못해서 그러한 것이다. 특히 당역량을 보존해서 닥쳐오는 정세에 적합하도록 강력한 투쟁을 지도하지 못했기 때문이다. 앞으로 당사업 강화를 위해 종래의 행정지역에 따른 조직체를 일단 보류하고 잠정적으로 5개 지역을 설정하여 각각 지구조직 위원회를 조직하여 일체 당사업을 지도한다…….」

이 결정문을 읽은 죽창은 심경이 복잡해졌다. 남북전쟁에 대한 실패를 빨치산에게 떠넘기려는 의도가 분명히 보였고, 실패에 대한 책임을 빨치산에게 일방적으로 전가하려는 처사와 대중 속으로 들어갈 준비를 전혀 하지 못한 조직을 지구당으로 전환하라는 것은 죽든 말든 알아서 하란 말로밖에 들리지 않았다. 결국 이곳에서 산 귀신이 되라는 말인가란 생각을 하였다. 협협하기 이를 데 없고 용 잡아 회 쳐서 먹을 만큼 배짱이 두둑해 뵈던 조혁우 사령관의 얼굴에도 그늘이 졌다.

"내게 이 지령문을 가져다준 비상선도 삼팔선을 넘어야 할지 말아야 할지 고민이라 하더이다. 평양과 원산은 혈거인 시대로 돌아갔다며 도시 전체가 아예 없어졌다고 하더이다. 얼마 전 양산서 습격 사건으로 독이 잔뜩 오른 적들이 목줄 풀린 맹견처럼 달려들 것이 뻔하고, 저들이 뿌린 삐라는 사실 투항을 권고한다기보다 모두 죽이겠다는 최후통첩에 가깝다 볼 수 있죠."

 이런 말을 하는 조혁우 사령관은 지령문을 갖다준 선의 입을 빌려 분명 평양과 원산을 초토화한 삼광 작전을 이곳에도 펼칠 거란 예상을 내비쳤다. 오도 가도 못하는 빨치산들이었다. 그런 빨치산들의 퇴로를 막고 토끼몰이하듯 억새 무성한 신불 더기 평원으로 몰아 가둬 불 질러버리면 억새와 함께 흔적도 남기지 않고 타버릴 거란 끔찍한 생각이 들었다. 그런 죽창의 생각을 읽었던지 조혁우는,

 "그래서 말이요 병자, 심약한 자, 부모를 부양해야 할 자, 비전투원들을 내려보낼 생각이오. 나머지 대원들 중 이 산에서 내려가길 원하는 자는 누구든 내려보낼 생각이오. 죽창 동무는 어떻소? 몸도 성치 않고 내가 알기론 자식이 하나 있다 들었소. 거기다 동무를 극진히 보살펴준 여인도 있고 말이요."

 자식과 여인을 앞세워 마치 죽창을 어떡해서든 내려보내겠다는 의도가 숨겨진 말이었다. 삐라 살포가 더 이상 없는 날을 골라 조혁우 사령관은 전 대원을 소집하여 단단히 일렀다.

 "여하한 일이 있어도 산꼭대기로 후퇴하지 말 것.

 참호는 자신이 봐둔 곳 물기 많은 곳에 깊숙이 팔 것.

굶어 죽는 한이 있어도 참호 안에서 사흘을 견딜 것."

이 말을 비장하게 마친 조혁우 사령관은 전 대원을 이끌고 파래소 폭포로 향했다. 죽창이 건네준 패물을 팔아 며칠 전에 끌어다 놓은 걸구돼지를 잡고 섬밥을 지었다. 진잎죽에 생살을 먹던 빨치산들에겐 이만한 성찬이 없었다. 오래 산 생활을 한 그들이 이것이 무얼 의미하는지 모를 리 없었다. 적들에게 투항할 것을 권유하여 살길 찾으란 조혁우의 말을 대부분 고개를 외로 저은 까닭에 심한 병자를 빼놓고는 한바탕 질펀하게 놀았다. 벙어리로 노래를 부르고 소리 안 나는 손뼉 박수를 치며 발을 동동 굴리며 놀았다. 별빛 하나가 신불산에서 고헌산으로 떨어졌다.

"어이, 슨상님. '마파낫 싸나이 여기서 죽다' 이렇게 가슴에다 써주쇼잉."

"슨상 동무가 아니고 슨상님?"

"한 번은 꼭 그렇게 부르고 자팠지라."

V. 길 따라 바람은 흐르고

우천과 타인능해

현은 선묘댁의 국밥집을 나섰다. 어머님처럼 몇 날을 더 묵고 가라 붙잡던 선묘댁이었다. 앞치마를 들어 눈물을 닦던 선묘댁이 현을 더는 말릴 수 없음을 알았던지 마치 자기 자식인 양 볼을 어루만졌다. 어디로 발길을 잡을지, 어디로 발부리를 놓을지 모를 현에게 길가며 먹으라고 싸준 음식이 현의 손에 들렸다. 돈까지 쥐여주려는 선묘댁은 한사코 받지 않으려는 현의 고집에 한풀 꺾여 무르춤하게 섰으나 그래도 현의 보퉁이에 돈을 연신 찔러 넣어 주려고 애를 썼다. 자식을 향한 어미 마음이었다. 발길 돌려 가는 현에게 어여, 가라는 손짓은 애타는 어미의 어여 오라는 손짓이기도 했다. 고갯마루에 올라 흙먼지와 구분이 안 되는 저 먼 곳에서 여전히 현의 등짝을 바라보고 서 있는 선묘댁이 손을 흔들었다. 그런 선묘댁을 뒤로 현은 부지런히 걸었다.

현은 이렇게 길을 나선 김에 지리산에 올라볼 것을 마음먹었다. 십 년도 훨씬 지난 아버지 죽창에 대한 흔적을 찾고 싶었다.

선묘댁이 한때 장사했다고 하는 문척면 대말리를 돌아 토지면이란 곳에 이르렀다. 그렇게 쉼 없이 걷는 걸음은 현을 무척 허기지게 했다. 선묘댁이 싸준 요깃거리는 한입 복장거리도 되지 않았다. 오래 굶어 홀태처럼 좁은 현의 등짝 위에서 덜렁대는 대금은 살 없는 등뼈만 계속 때려댔다. 그러나 하늘을 가릴 만큼 웅장한 산의 우람한 자태에 넋이 빠진 채로 한참 동안 보고 있으려니 배고픔은 불현듯 사라지고, 처음 맘먹었던 저 산을 어떻게 올라야 할지 갈래 잡을 수 없는 마음에 걱정만 앞섰다. 뒤돌아서 바라본 너른 들녘은 벽공황운이었다. 푸른 하늘 아래 쭉정이 하나 없는 황금벼로 물결치고 있었다. 그렇게 오랫동안 우두망찰하게 서 있는 현 앞으로,

"함평천지 늙어난 몸이 빛고을 보랴하고
백리 담양 물은 흘러 흘러 만경인듸
용담의 맑아난 물은 용이 사는 곳이라
남원 봄빛 만화방초 무장타
창평한 좋은 세상 무안을 일삼고
여삼석에 칼을 갈아 남평루에 꽂았으니
삼례가 으뜸이랴 고창이 으뜸이랴
순창이 우는구나"

한 사내가 작대기로 풀숲을 해작거리며 다가왔다.

"여보슈. 무얼 그리 넋 놓고 보고 있소? 보아허니 이 고장 사람은 아닌 것 같은디."

어느 틈에 현의 곁에 다가와 말수작을 거는 남자다.

"이 고장 사람이면 어떻고, 아니면 어떻소. 하늘이 있으니 올려보고, 땅이 있으니 내려보고, 길이 있으니 앞만 보고 걷는 사람에게 어디서 온 게 뭐 그리 중요하오. 근데, 말 좀 물읍시다. 저 산에 올라가려는데 어찌하면

되겠소?"

이런 현의 말이 사내는 가당치 않다는 듯 코웃음을 쳤다.

"그 행색에 그 몰골로 가면 산에 들기도 전에 공비로 몰려 흠씬 두들겨 맞을 것이구만. 아니, 여차하면 총 맞아 죽을지도 모르지. 전쟁 끝났다고 평화가 찾아온 줄 아슈."

이렇게 빈정대며 말한 사내는 현을 위아래로 훑어보았다.

"근디, 요기는 했소? 쫄쫄이 굶은 것 같은디."

"……."

"허허, 젊은 양반이 힘은 어따 두고 굶고 다니나. 가을철은 죽은 송장도 꼼지락거린다는 디. 밥이라도 빌어먹으려면 날 따라오슈."

우썩 팔을 내젓고 가는 사내는 몸피는 작고 보잘것없어 보였으나 발걸음이 재바르고 거침이 없었다.

"저기서부터 저 짝까지 끝도 없이 너른 땅, 이게 뉘 땅인지 아슈?"

사내는 검지를 곧장 앞으로 뻗어 왼쪽 어깨부터 시작하여 오른쪽 어깻죽지를 쭉 펼 때까지 선을 그었다.

"이 땅이 말이지라, 류씨 문중 땅이라고 이 땅을 밟지 않고는 들어갈 수도 나올 수도 없단 말이요. 말 그대로 만석지기지라. 자, 잘 보슈. 쫌팽이 부자야 애면글면 노력하면 그럭저럭 백석 부자야 되겠지만, 이처럼 드넓은 땅을 가진 부자는 먹을 것 안 먹고 입을 것 안 입고 한다고 부자가 되겠소 잉. 하늘이 도와주지 않고는 어림 반품 없는 노릇이제. 그 하늘이 곧 사람 마음이고, 사람 마음을 얻어야 이처럼 큰 부자가 나는 법이지."

현은 묻지도 않은 말을 마치 제 자랑하듯 하는 사내의 말에 다시 한번 만리장천 아래 그들먹하게 자리 잡은 넓디넓은 들을 바라보았다. 멀리 주름 잡힌 산들이 빙 둘러서 있고 그 안에 든 들녘은 새 둥지처럼 너무도 평안하여 마치 어미 새가 새끼를 품은 것 같았다.

"뭐, 예전 풍수쟁이가 이르길, 저 지리산을 타고 내려오는 길목 어딘가에 금거북이가 묻혔다나. 옛사람들은 거북이를 우주의 한 형태로 보고 섬기지 않았겠소. 우주는 혼돈보다는 화합과 질서를 뜻하니, 그래서 그런지 십여 년 전 그 전쟁 난리 통에도 이곳만은 아무런 피해를 입지 않았다지 뭐요."

이곳을 마치 손바닥 들여보듯 훤하게 읽고 있는 사내는 갑자기 몸을 틀어 솟을대문 안쪽으로 쑥 들어갔다. 부엌에서 일하는 찬모도, 마당을 쓸던 사람 그 누구도 사내의 행동을 제지하거나 막지 않았다. 일상적으로 일어나는 일로 받아들이는 태도였다. 그 사내는 마당을 가로질러 작은 광 안에 들어가서는 쌀을 한 됫박 폈다. 그가 서 있는 곳 앞에는 아름드리나무 속을 파낸 원통형 뒤주가 구석에 자리 잡아 서 있었고, 뒤주 아래엔 타인능해他人能解라 쓴 글씨가 선명하게 새겨져 있었다. 현은 타인능해를 입 안에서 읽고는 그 글을 풀어 보려 애썼다.

"이 글이 뭔지 알쏭달쏭하단 표정이구만. '다른 사람만이 열 수 있다' 이렇게 해석되는디, 그 다른 사람이 나 같은 사람, 아니면 당장 밥을 먹어야 할 당신 같은 사람이 아니것소. 그런 사람을 위해 마르지 않는 화수분처럼 언제나 쌀을 담아 놓는 주인장의 마음이 담긴 글이지라."

그렇게 말한 사내는 천연덕스럽고 자연스럽게 쌀을 자루에 퍼 담아 등에 멨다.

"자 갑시다."

"어딜?"

"어허, 이 양반 좀 전에 지리산 가는 길을 가르쳐 달라고 하지 않았소."

"……."

"인사가 늦었구마이. 내는 허만수라 하요. 뭐 사람들은 우천이라 부릅디다. 비 오는 날도 잘도 싸돌아다닌다고 해서 그리 지었다 하고, 하늘을 지붕처럼 이고 산다 하여 우천이라 지었다는디 둘 다 내겐 과분한 이름 아니겠소. 근데 댁의 이름은 뭐요?"

"현, 이라 합니다."

"현? 거, 등 뒤에 매달고 다니는 건 뭐요?"

"대금입니다."

"대금?"

놀란 표정을 보인 우천은 나중에 더 묻겠다는 투로 스스로 말을 끊고는 바삐 길을 잡았다. 산길을 잡고 가는 우천의 등 뒤로 시커먼 땅거미가 따라붙었다. 몇 발 못 가서 산은 칠흑 같은 어둠으로 덮였다. 우천은 그런 것에 아랑곳하지 않고 계속 길을 잡아 걸었다.

"서라! 누구냐?"

"어이, 김순경. 나여, 나. 우천일세 우천."

앞에 쏴 자세로 카빈총을 들고 선 경찰이 어둠 속에서 불쑥 튀어나왔다.

"우천 아녀? 또 산에 들어가는구먼. 이번엔 구례 쪽에서 올라오는구먼."

"잉, 그렇지. 내게 남원 산청 함양 하동이 뭐 대순가. 지리산 그늘 아래 있으면 다 똑같은 곳이지. 조금 있으면 추위가 닥칠틴디. 김순경 자네가 고생 많으이. 자네같이 성실하고 능력 있는 사람이 빨리 진급혀서 산 밑

지서 아니 남원 본청 그런 곳에서 근무허여 하는디 말여."

"고것이 어디 가당키나 한 말이간디? 눈앞에 있는 공비 잡덜 않고 번연히 뜬 눈으로 보내준 전력이 있는디. 이젠 여가 끝이여 끝."

입맛을 쩍쩍 다시며 말끝을 에누리 없이 끝낸 경찰이 현을 바라보았다.

"어이, 우천. 근디 자네 옆에 선 저 사람은 뉘여? 첨 보는 얼굴인디."

"으응. 대금 공부하는 친군디, 내게 대금 불기 좋은 곳 좀 가르쳐 달라지 뭔가."

"그려? 예전 자네가 구해준, 거 서울 산다는 그 높으신 양반 짝 안 나게 좋은 곳 갈쳐주드라고."

"알겠구만."

우천은 일순 긴장했던 현의 어깨를 툭툭 치며 어서 가자고 길을 재촉했다. 훤한 대낮에도 걷기 힘든 길을 우천은 자기 앞마당 걷듯 잘도 걸었다. 노량 걸음으로도 따라붙기엔 상당히 먼 거리를 왔다 싶은 현이 숨을 돌리려 할 즈음 숲속으로 들어간 우천은 마치 소경 지팡이 두들기듯 따라 들어온 현을 세웠다.

"자, 오늘은 여기서 여장을 풀고 몸을 누입시다."

"아니, 이런 곳에서 자다간 산짐승 밥이 될지도 모르고, 또 밤사이 닥친 추위를 어찌 견디려고 이곳에서 잠을 청하겠단 말이오."

현의 이 말에 우천은 허연 이를 드러내 보이며 뱅시레 웃었다.

"이젠 오도 가도 못할 신세인데 그리 볼우물 씹듯이 말하지 마오. 설마 내가 당신을 산짐승 밥이 되게 할 것 같소. 아니면 밤 서리 새벽이슬 맞게 재울 것 같소. 자, 보슈. 이 정도면 고대광실 부럽지 않지요."

현을 진정시킨 우천은 덤부렁듬쑥 자란 산죽을 걷어내 보이며 웃었다.

우천이 가리킨 곳은, 입구는 한 명이 들어갈 만큼 좁좁했지만, 안은 서너 명이 발 뻗고 누워도 될 만큼 큰 굴이었다. 입구를 서둘러 검정 천으로 막은 우천은 부싯돌을 쳐서 굴 안을 비췄다.

"아즉도 이산엔 잡히지 않은 빨치산들이 남아 있응께, 허투루 새 나간 불빛을 군경이 보면 아무리 나, 우천이라지만 목숨 부지하기 힘드오. '나 우천이오' 하기도 전에 수류탄이 굴러 들어오고, 입 안 가득 총알을 씹을팅게."

굴 안에는 잘 말려 풋장처럼 재워 놓은 나무가 있었다.

"이 굴 임자는 원래 산짐승였겠죠. 그러다 헐 수 없이 이념의 벽에 갇히고, 어쩔 수 없이 선택해야 하는 조국에 의해 버림받은 사람들이 짐승을 내쫓고 이 굴을 차지했겠죠. 이렇게 불 때도 연기 안 날 싸리나무와 아구살이나무를 재워 놓은 걸 보면 얼마 전까지 이 굴 안에 빨치산이라 불리는 산 사람들이 있었단 생각이 들으오."

이 말을 무덤덤하게 던진 우천은 익숙한 솜씨로 우물정#으로 층층이 쌓은 나무에 불을 붙였다. 돌로 누른 냄비 뚜껑 틈으로 게거품 같은 밥 뜨물이 기어코 새 나오려고 발버둥을 쳤다. 굴 안엔 고슬고슬 익은 밥 냄새로 가득했다. 그 냄새를 맡은 현은 입 안 가득 침이 돌았다.

"뭐, 반찬이라곤 간장 하나뿐이니 알아서 드슈."

우천이 봇짐을 풀어 꺼내 논 대나무 통에 가득 든 간장을 손바닥만 한 신갈나무 잎에 따랐다.

"우천 양반, 뭐 하나 물어봅시다. 아까 오다 보니 순경이 예전부터 당신을 알고 있었던 것처럼 무척 다정스럽게 굴던데."

현의 이 말에 우천은 큰소리로 한바탕 웃었다.

"그게 그리 궁금했소? 바다에 살던 사람은 짠내만 맡아도 갯가가 그리운 법이고, 산에 살던 사람은 뻐꾹새 울음소리만 들어도 산이 그리운 법이죠. 찰가난에 쪼들려 대대로 이 산에서 땅 부쳐 먹어야만 했던 아버지 밑에서 성년이 될 때까지 컸지라. 밖에서 전쟁이 났는지 뭐가 났는지 뭔지 모르고 그렇게 심심산천 첩첩산협에서 자랐지요. 죽는 게 뭔지도 몰랐던 우리에게 불행이 닥친 것은 구빨치라 불리는 야산대를 만나고 이어 신빨치라 불리는 인민군을 만난 다음부터였소. 빨치산이라 불리는 그들은 그래도 먹을 것을 죄다 긁어 가긴 했지만 사람 목숨을 해하는 일은 없었는디, 이들을 잡겠다고 들이닥친 군경 토벌꾼들은 공비 잡는다고 애먼 우리를 통비분자로 몰아 집에 불을 놓고 가족에게 마구 총질을 해댔지 않았겠소. 난 구사일생으로 살았지만, 산 게 산 것이 아닌, 죽음보다 못한 미친 삶을 살았소. 복수할 맘이 없었던 것도 아니었고, 이미 살아갈 희망과 의지를 잃어버린 내겐 복수도 헛된 것이더이다. 그러나 죽고 싶은 맘이 들 만큼 나를 죽도록 미치게 한 것이 내가 살던 산에서 죽고 싶단 것이었소. 열병이 들 만큼 간절함 때문에 산 근처에 오기는 했어도 산도 들기 전에 총 맞겠다 싶지 않았겠소. 산에 먹을 걸 구하러 간 사람들이 공비로 오인당하여 경찰이 쏜 총에 죽었단 소리를 심심찮게 들었으니. 그래도 내 죽을 곳은 저기란 생각에 무작정 산에 들어왔소. 그렇게 들어와 오래전에 흔적 없이 사라져 버린 옛 살던 곳에 와 타다만 나무를 가지고 움막을 짓고는 하루하루 살고 있으려니 어디서 뻐꾹새가 한여름 매미처럼 쉬지 않고 울어대는데, 뭔 놈의 뻐꾹이가 남들 다 자는 오밤중에 저래 시끄럽게 우나, 뱀에게 잡아먹히기라도 하나 하며 어쩔 수 없는 자연 탓으로 돌리고 팔 베고 누우려니 그래도 쉬지 않고 울어대길래, 저래다간 산짐승이 몰려올 것 같고, 나도 밤새 잠을 못 이룰 것 같고 해서 그 뻐꾸기 소리 나는 곳을 찾아가지 않았겠습니까. 아, 그런데 있겠거니 생각한 뻐꾸기는 없고, 웬 사내가 길쭉한 대나무를 입술에 물고 어깨를 들썩이는데, 들썩일 때마다 뻐꾸기 소리를 내는디. 처음에는 주변 숲 근처 어디선가 숨은 뻐꾸기가 내는 소린지 알았드만, 알고 보이 한쪽 발을 쭉 뻗고 반 비스듬히 누운 그 양반한테 나는 소리더이다. 허허. 거, 참. 참말로 뻐꾸기 소리보다 더 선명하고 강하긴 했으나 영락없는 뻐꾸기 소리라. 두 손을 합쳐 부엉이 소리를 곧잘 흉내 내는 나지만 저처럼 길쭉한 대나무를 가지고 뻐꾸기 소리를 똑같이 내는 것을 처음 들어봤고, 그 소리 또한 귀신이 곡할 정도로 뻐꾸기 울다 쓰러질 소리라. 참, 요상타 안 했겠소. 어쨌든 이 오밤중에 4월 철쭉새처럼 피 터지게 소리 내는 저 사람이 귀신이 아닌 이상 필시 무슨 곡절이 있겠거니 해서 비탈진 기스락 길을 타고 내려가니, 날 본 그 사람 살았다고 안심하기보다는 이젠 꼼짝없이 죽는구나 싶은, 체념한 눈빛으로 쳐다보더이다. 그래 자세히 보니 접질러졌는지 부러졌는지 발목은 웬만한 둥치 저리 가라 할 정도로 통통 부었고, 어디서 굴러떨어졌는지 얼굴에 난 상처는 꽤 깊어 보였소. 서둘러 다친 곳에 부목을 대고 업다시피 내 움막에 내려놓으니 그제야 살았다 싶은 그 양반 한숨을 돌린 후에 자기가 산에 오게 된 이유를 밝히더이다.

    소리꾼들만 득음을 하기 위해 산에 오는 게 아니다. 소리꾼들이 폭포수 아래서 혹은 동굴 속에 들어앉아 피를 한 바가지 쏟아내서 수리성이란 소리를 얻는다면, 우리 대금잽이들도 그들과 똑같은 피를 쏟으며 소리를 완성한다. 바람을 소리로 나타낼 수 있는가. 애초에 없는 바람 소리를 어찌 사람이 낸단 말인가. 바람은 소리가 없다. 파도가 바위에 부딪쳐 내는 철썩 소리가 파도가 내는 소리인가 바위가 내는 소리인가. 바람이 물을 밀고 밀린 물이 바위에 부딪혀 내는 소리. 그 소리를 감각기관을 통해서 느낀 것을 머릿속에 형상화하여 나타낸 것이 바람 소리일 뿐, 그렇다면 주관이 개입한 그 소리를 바람 소리라 할 수 있는가. 돌과 돌, 돌과 쇠, 쇠와 쇠 거기다 돌과 물이 만나 내는 자연의 모든 소리를 우리 대금잽이들은 소리꾼들과 마찬가지로 대금이란 악기를 써서 나타내려 한다. 난 정말 그 자연 소리를 들었다.

그러면서 대금 하나 가지고 자신만만하게 살아 온 자신을 **뼈**저리게 반성케 한 사연 하나를 들려주는디, 순천 궁촌에서 만난 한 어른이 들려준 아리랑, 아리랑 그 속엔 인간과 인간, 인간과 자연, 자연과 자연 온 우주가 다 들어 있었다면서, 세상 최고인 줄 알았던 자신의 대금 실력이 그저 한갓 서기鼠技에 불과했다는 것을 깨닫고는 배운 것을 죄다 내려놓고 진정 대금을 배우기 위해 산에 들었다 하더이다. 돌 틈을 비집고 떨어지는 물소리, 구르륵! 구르륵! 우는 멧비둘기 소리, 까악! 까악! 울어대는 까마귀 소리, 거기다 몽둥이로 맞아 깨갱되는 개소리, 하룻개가 젖 찾는 소리, 골골 앓는 개소리, 심지어 무덤 옆에 기대면 들을 것 같은 귀신 소리. 이 모든 것을 내보려고 산에 들었다 하는데 좀체 소리가 이뤄지지 않아 낙심한 마당에 산길을 내려오다가 이렇게 사고로 이어졌다면서 한숨을 푹 쉬더이다. 헛헛한 표정으로 천정을 바라보던 그가 말하길,

"아, 그런데 말이오. 그렇게 낙상한 마당에 주변을 아무리 둘러봐도 날

구해줄 만한 게 아무것도 없단 말이오. 바위너설에 꽉 끼어 발목이 부러졌는지 그 고통 속에 거동이 힘들었는데도 하늘을 보니 캬, 이건 한 번도 보지 못한 하늘이, 푸르다 못해 시퍼런 물을 토해낼 것 같은 하늘이 펼쳐졌는데, 우리네 하늘도 저런 하늘이 있었나 싶을 정도로 포연 냄새 말끔히 가신 하늘을 보느라 시간 가는 줄 모르고 있었고, 밤을 맞으니 또 밤은 별빛으로 가득 찼는데, 시뻘건 총탄과 포탄이 하늘의 별인 줄 알고만 있었던 저것이 진짜 별인가 싶어 머리맡에 내려앉은 별을 잡으려 손을 뻗으니 별은 간데없고 대신 손 안에 따스한 기운이 감치는데, 그 행복함이란 이루 말할 수 없었소. 그런데 어디서 뻐꾸기 한 마리가 우짖으니 꼭 나를 부르는 것 같지 뭐요. 그래 나도 몸을 추슬러 세우고 대금을 잡아 소릴 내지 않았겠소. 마음을 가다듬고 두 번 세 번 부르니 뻐꾸기 소리가 나더이다. 내 소리가 님을 애타게 찾는 소리처럼 들리던지 뻐꾸기 한 마리 내 주변에 날아와 몇 번을 울고 어디론가 사라져 버리더이다. 그때 나도 나의 소중한 것을 잃은 것처럼 서러워지는데, 나도 모르게 계속해서 뻐꾸기 소리를 내었던 것이오."

이리 말하는 그 사내가 아쉬움 가득한 눈빛으로 날 보는데 도리어 그를 부축혀 온 내가 무우 캐다 들킨 놈처럼 무안했지 뭐요. 이왕 내던 뻐꾸기 소리 실컷 하게 내버려 둘 걸, 괜한 짓 했다 싶어서 말이요. 그 양반을 조섭하여 산 아래 마을까지 부축혀 데려다주었더니 그 양반이 그러길, 자기 힘은 별로 보잘것없지만 뭔 부탁이든 해보라 하더이다. 그래서 내가 그랬지요. 지리산에만 살게 해달라고. 이 말을 들은 그 양반 고개를 갸웃거리드만, 겨우 고거요. 별 어려운 일도 아니구먼 하면서 미리 대기한 경찰차를 타고 가는데 그 이튿날 달라진 건 내가 어딜 가든, 장터를 쏘다니건, 산에 오르건 제지하는 경찰이 하나도 없더란 말이요. 그런 일이 있고부터 어디서 내 소문을 듣고 왔는지 지질학자, 식물학자, 조류학자 심지어 산꾼들까지 지리산에 들어가게 해달라고 부탁하덜 않겠소. 그중 모 대학에서 왔다며 뭘 연구한다는데 통 얘기를 안 혀서 그렇다면 나도 들여보낼 줄 수 없다 버팅기니 그 양반이 그럽디다. 지리산에서 죽은 많은 사람의 영혼을 달래고, 그들이 묻힌 곳을 하나하나 밝혀내어 기록으로 남기고, 그렇게 죽은 자들에 대한 기록을 훗날 산 자들의 역사로 남겨 두 번 다시 비극적인 역사가 되풀이되지 않도록 하고 싶다는 것이 자신의 바람이라면서 부탁하는데, 어찌 맴이 짠하던지. 그래 그 양반하고 지리산을 샅샅이 훑고 누비다 보니 이 굴도 알게 된 것이요."

말을 끝낸 우천은 검정 천을 살짝 걷어 먼 하늘로 눈길을 두었다.

"자, 빨리 주무슈. 내일 해뜨기 전에 일어나야 당신이 가고 싶은 곳을 갈 수 있을 것이오."

우천이 지리산에 들어 온 연유를 안 현은 대금으로 뻐꾸기 소리를 내던 사내가 박주환일 것 같다는 생각이 들었다. 그리고 지리산의 아픔을 기록하고자 했던 사람도 궁금했다. 그러나 노독에 힘겨웠던 몸이 무너져 내리면서 까무룩하게 깊은 잠에 빠져들었다

청산가매골

"어이, 현 양반. 얼릉 인나소. 지금 서두르지 않으면 당신이 보고 싶은

것, 당신이 가고 싶은 곳, 제시간에 갈 수 없소. 어이 서두르소."

우천은 현의 천근만근 무거운 몸을 일으켜 세웠다. 광목천을 걷어내고 먹장어보다 더 시커먼 하늘로 눈길을 준 우천은 대충 시간을 가늠하더니 발아래 깔린 곰털 같은 바닥으로 발걸음을 내디뎠다.

"적어도 저리 달빛이 산 구석구석을 비추고 있을 때, 저 달빛을 길라잡이 해서 떠나야 하오. 안 그럼, 가도 몬허요."

영문도 모르고 현은 우천을 따라나섰다. 새벽공기는 밤공기보다 더 차고 달았다. 아마 공기 중에 부서진 이슬방울이 떠다니면서 찬 기운을 퍼뜨리는 것 같았다. 십여 년 전 빨치산으로 불리던 사람들도 걸었을 이 길을 현 자신도 걷는다는 것이 도무지 믿어지지 않았다. 현은 방방이질 하듯 두근거리는 가슴을 누르고 우천을 따라나섰다. 우천이 손가락으로 가리킨 살아 천년 죽어 천년 간다는 구상나무는 우듬지는 잘려 나가고 껍질은 벗겨져 헐벗은 채 죽어 천년을 살 것처럼 서 있었지만 처연하기 그지없었다. 어두운 밤길을 대낮 길처럼 달리는 우천을 겨우겨우 따라잡은 현 앞에 푸르스름한 기운이 도는 고개가 나타났다. 우천은 벽소령이란 말로 달빛도 푸르러 밤조차 푸른빛을 돌게 한다고 하였다. 세석평전에서 반야봉 노고단으로 숨 가쁘게 내달렸던 빨치산들이 유독 이곳에 와선 눈물을 흘렸다던 벽소령이었다. 아버지 죽창도 선묘댁이 건네준 신발을 신고 이 길을 내달렸을 것만 같았다. 장총을 옆에 낀 아버지가 벽소령 마루에서 뒤돌아보는 것 같았다. 현은 깊은 생각에 빠져들었다. 왜 그들은 유독 이곳에서 눈물을 흘렸던 걸까? 단 하나밖에 없는 절대적 생명을 무엇에 바치려 이곳을 넘었던 걸까?

"백두대간이 마지막 용을 쓰고 부려 놓은 산이 지리산 아니겠소. 옛날 선인들께서 이 산을 장이불수壯而不秀라 한 건 말요, 골이 곧 봉이요 봉이 곧 골이고, 하늘이 가까이 닿았다 싶으면 다시 땅 밑까지 푹 꺼진 골로 내려가야 하는, 가도 가도 노루막 없고 끝없는 산줄기 때문에 장이불수라 이른 게 아니겠소. 저 짝 좀 보시오. 거대한 봉황이 날개를 펴고 나는 듯한 저곳 말이요. 저것이 범왕능선이고 또 저것은 불무장등인디 보는 것만으로도 가슴 벅차지 않소."

우천이 손가락으로 가리킨 곳을 현은 바라보았다. 하루살이 같은 찰나의 삶을 살고 있는 자들이 지 잘났다고 싸우고 떠벌리는 모습이 매우 하찮게 여겨지는 순간이었다.

"자, 다 왔소. 내 손가락으로 감히 가리킬 수가 없소. 억겁을 버티어 하늘을 떠받친 지리산 천왕봉을 손가락으로 가리킨다는 것은 무엄하고 예의 없는 짓이오."

깊은숨을 토해낸 우천은 봇짐을 풀고 작은 멍석을 내어 과일을 올리고 술을 따랐다. 그런 우천의 표정이 사뭇 진지하고 엄숙했다. 현도 우천을 따라 공손히 절을 하였다. 둘은 아무 말 없이 천왕봉을 향했다. 단단한 암반이지만 신발에 쓸릴까 봐 조심스럽게 걷고, 겨우 자란 풀 다칠까 봐 조심해서 발을 놓았다. 백두산 기운이 흐르고 흘러 마침내 반도 남쪽에 부려 놓은 산이 지리산이었다. 저 멀리 물결치듯 울렁출렁 넘실대는 산들 위로 두텁게 펼쳐진 희부윰한 구름이 시나브로 붉게 물들고 있었다. 아! 하는 짧은 탄성으로밖에 달리 설명할 길 없는 장엄한 광경이 연출되고 있었다. 수도 없이 봤을 우천도 아무 말 없이 하늘가로 시선을 고정하였다.

현은 속으로 읊조렸다. 저것을 그릴 수 있을까 저것을. 붉은 기운이 현의 가슴에 닿자 현은 서둘러 등에 메고 있던 대금을 내렸다. 그리곤 조용히 앉아 눈을 감고 마음을 가다듬었다. 붉은 기운이 눈 안 가득했다. 대금을 어깨에 걸치고 단전에 고였던 숨을 천천히 끌어 올렸다. 대금에서 나지막한 소리가 흘러나왔다. 그러나 그 소리는 얇고 여린 소리가 아닌 천년바위처럼 모진 세월에도 끄덕 않는 묵직함을 품은 소리였다. 이윽고 소리가 점점 커지더니 지리산이 일떠선 것 같은 웅혼한 소리로 바뀌면서 한번 쩡! 하고 울려서는 백두산이 내닫고 마침내 지리산을 만나는 광경을 그렸다. 천하에 없는 흥그런 몸짓으로 얼싸안고 춤을 추는 듯한 소리가 천왕봉을 휘감았다. 홀현홀몰 바람처럼 왔다 바람처럼 사라지는 소리가 지리산을 울렸다. 현의 대금 소리에 맞춰 엎드려 있던 모든 산이 일어나더니 덩실덩실 춤을 추었다. 동서남북 사방팔방에서 산들이 일어났다. 산이 일어나니 나무가 일어나고 나무가 일어나니 덩달아 꽃들도 날았다. 구름이 비켜서자 드디어 완벽한 모습을 갖춘 빠알간 해가 하늘로 솟았다. 현 머리 위로 부챗살 같은 광선이 퍼졌다. 흥분이 가시지 않은 가슴을 누른 현은 그제야 대금을 내려놓았다. 시원할 것 같았던 가슴이 갑자기 서럽게 북받쳐 올랐다. 이 산천이 떠나가도록 꺼이꺼이 울고 싶어졌다. 총 맞은 가슴을 움켜쥔 어머니, 시뻘건 불길 속을 달리는 아버지, 바튼 기침에 퀭한 눈으로 하늘을 바라보고 있을 스승님의 얼굴이 주마등처럼 스쳐 지나갔다. 현은 기어이 아윽! 하는 큰 신음으로 짧은 울음을 토해냈다.

"사실 저 장엄한 아름다움을 갖고자 싸웠던 건 아닌지 모르겠소. 과거, 현재, 미래를 모두 담고 있는 저것을 서로 차지하고자 싸운 건 아닌지 모르겠소. 인간이 만들어 낸 세상사 이념이든 종교든 사상이든 뜯어보면 아름답지 않은 것이 없잖소. 아름다워야 사람이 모이고. 그런데 아름다운 것이 두 개가 되어 대립하다 보니 싸움이 일어나는 것 같소. 결국은 둘 다 추해질 수밖에 없는 것을. 남북 모두가 그렇소."

이렇게 말한 우천은 신비함과 장엄함을 더 이상 나타내지 않고 저만치 떠오르는 태양을 그윽한 눈빛으로 바라보았다.

"그런데 당신의 대금 소리는 정말로 뭐라 형언할 수 없을 정도로 훌륭했소. 내가 다 심장이 멎는 줄 알았소. 짧은 생각을 가진 나로서는 당신 소리에 대해 뭐라 평할 수 없소. 아니 평한다는 자체가 있을 수 없는 일이오. 그냥 죽을 때까지 가슴에 간직하겠소. 아마 두 번 다시 당신의 소리를 들을 기회는 없겠지요."

우천은 두 손을 공손히 모으고 사방을 향해 머리를 숙였다.

"자, 갑시다. 난 당신에게 보고 싶은 걸 보여줬고, 당신은 내게 듣고 싶은 걸 들려줬으니 서로에게 빚진 것 없소."

우천이 호탕하게 웃었다.

"우천 선생. 어디로 갈 거요?"

"어디로 가긴, 본래 있던 곳 그곳으로 돌아가야죠. 바다 사람은 바다에서 죽는 게 맞고 산 사람은 산에서 죽는 게 맞소. 청산가매골. 자기 죽을 자리에서 죽는 게 가장 행복한 것이 아니겠소."

"이보우, 현 양반. 얼마 안 있으면 겨울도 닥칠 것이니, 그 겨울 얼어붙은 땅을 걷자면 당신 발걸음이 힘들 것이오. 겨울을 이 지리산 근처에서 나는 게 어떻겠소? 대금 하나 가지고도 주유천하를 이룰 사람이기에 가타부타 이런저런 말은 안 하겠소만, 백무동으로 길을 잡으면 분명 당신은 겨울을 날 수 있을 것이오."

넋을 위한 굿

"대체 이눔은 어딜 간 것여. 이 시러배 잡놈이 또 애를 멕이네. 근디 또 이 년은 어딜 간 거여."
"아이고메, 어무이. 아직도 몰랐어라. 젓대잽이 만수 그 녀석, 새끼무당 둘러업고 도망쳐 안 부렸소. 그렇게 도망친 만수, 왜 찾소? 대금잽이 없이 굿 잘만 꾸리드만요."
"내 이 연놈들을 가만두지 않을팅게."
"어무이. 내가 뭐랬소. 아무리 신빨 잘 받고 신내림 좋다고 허줏굿 다해줘 보이 청춘남녀 뜨거운 피엔 천궁불사 사해대신 용왕님들 별 수 있간디요."
"냅두어라. 이 겨울 끝나면 다시 올것잉께. 그때 잡아 족쳐도 되닝께. 근데 그년은 무당은 글렀어. 애가 섰구먼. 쯧쯧, 산천 도망은 해도 팔자 도망은 못한다더니."
"으찌, 그리 잘 아쇼 잉. 우리 어무이 앉아 천리 본다는 말이 괜한 헛말이 아니었고만."

얇은 천을 깔고 그 위에 징을 놓으며 징잽이가 푸실푸실 말을 잘도 받았다.
"어서 서두르소. 이번 굿은 아주 특별한 굿이닝께."

커다란 차일을 친 마당 안엔 사람들이 분주히 오갔다. 삼색 과일, 삼색 나물, 두부적, 떡, 북어 등을 진설하느라 바쁜 사람들 틈에 오십 고개를 바라보는 나이임에도 대파처럼 몸매 쪽 고르게 빠진 주무主巫처럼 보이는 한 여인이 쾌자를 입고는 바삐 마당을 오갔다.

"어이, 인형 만들어 놨능가"

"여기 있구만요."

"그려. 신랑에겐 신랑 옷 멋지게 입히고, 신부는 예쁘게 신부 옷 차려 입히소. 지금 사람 초례 치르듯 잘 차려 입히소. 때깔 좋은 천으로 골라서 말이요."

짚으로 만든, 한 자 정도만 한 사람 닮은 인형을 두고 하는 말이었다.

"어무이요. 영혼 혼례식은 참말로 오랜만이요 잉. 대체 이 양반들은 뭔 사연을 가졌당가요? 물에 빠졌으믄 넋걷이라도 해야 쓸거인디, 어무이가 안 하는 걸 보면 다른 사연있겠지라."

마당 한편에서 울가망한 모습으로 눈물을 훔치며 이 굿판을 지켜보는 두 여인을 두고 하는 말이었다.

"어이, 보소. 악공장님들. 내 야기 잘 들으소. 무엇땀시 이 굿을 해야 하는 거고 왜 해야 하는지 알으야 그래야 당신들의 소리도 거게 맞춰 나올 수 있는 거 아니겠소."

그렇게 말한 주무 곁으로 아쟁, 피리, 장고, 북, 징을 맡은 잽이라 불리는 사람들이 한둘 모여들었다.

"아즉 전쟁 기운이 가시지 않았지만서도 그 전쟁 통에 옳게 산 사람도 없고 옳게 죽은 사람도 없단 걸 여러분이 더 잘 알 것이요. 저 짝에 서 있는 두

보살님 보이지라. 오늘 굿을 의뢰한 사람들인디, 아들 되는 신랑은 전쟁 이듬해 국민방위군에 끌려가 스무 살에 얼어 죽고, 딸 되는 신부는 산에 들었다가 스무 살 같은 해 얼어 죽었소. 그래 불쌍한 두 망자 영혼 맺게 하여 저승길 잘 열어주고 잘 가시게 오늘 굿을 할 것이요. 그게 우리 할 일이요."

"만신요. 고것 참, 그렇담 대금이 꼭 있어야 할 거인디. 만수 녀석이 없어져 부렸응께. 참 거시기 하요. 이럴 땐 대금이 제격이고 딱인디 말이요 잉."

잽이들 중 나이가 제법 들었음직한 사내가 만신이라 우대받는 주무 당골의 말을 받았다. 그러나 만신은 자신에게 무업을 받은 딸 새끼무당을 데리고 도망친 만수란 사내를 도저히 용서하지 못하겠다는 듯 고개를 강하게 저었다. 그때 서로 난감해하는 그들 표정을 지켜보던 현이 나섰다.

"저, 실례하겠습니다. 듣고 싶어 들은 건 아니지만 대금 불 사람을 찾는 모양인디, 내가 반거들충이는 돼야도 못 부는 건 아니니께, 한번 시험 삼아 써보는 건 어떻소?"

불쑥 나타나 뜬금없이 대금 불겠다고 나선 현을 목 뺀 자라 태양 바라보듯 한 사람들이 쏘아보았다.

"허, 굿을 뭘로 보고. 개나 소나 소리 좀 낸다고 망둥이 꼴값 떨 듯하면 어디 그게 잽인가."

피리를 들고 삿대질하듯 배알 틀린 말을 하는 사내가 역정을 내었다. 그 사내를 눈짓으로 지그시 누른 만신은

"음, 그려요? 젊은이 말이 제법 당차군. 자신 있어 보이닝께, 어이 불러보소. 듣구 결정할팅게."

현은 망설임 없이 대금을 입가에 두고 산조의 짧은 단대목을 불렀다. 이

런 현의 대금 소리를 들은 당골 만신은 매우 흡족하단 표정을 지었고, 사람들 또한 무척 놀랍다는 표정을 지었다.

"자, 되얏구만. 그 정도면 썩 훌륭하구만. 피리와 장고, 악사가 흐름만 얘기해 주면 되겠구만."

피리를 맡은 사내가 대금을 쥔 현을 가운데 놓고 여러 잽이에게 각자 앉을 자리를 정해 주었다. 그리고 현에게 앞으로 펼쳐질 굿에 대해 조단 조단 설명을 했다.

"조왕당, 안당, 혼맞이, 초가망석, 고풀이, 영돈말이, 씻김, 넋올리기, 길닦음, 종천으로 굿이 이어질 것잉께, 우린 초가망석과 손님굿에 들어갔다가 길닦음 할 때 시나위로 반주하면 되네. 아, 굿은 처음잉께 용어 자체가 무척 낯설겠구먼. 그렇지만 자네 정도 솜씨면 금세 우리와 호흡이 맞을 걸세. 글구 오늘 굿은 억울하게 죽은 두 망자의 넋을 위로하여 씻김 하는 의식도 있지만, 이승에서 못 맺은 연을 저승에서나마 맺게 해주려는 저승혼사굿이닝께 각별히 공력을 들여야 할 걸세."

향물로 씻긴 신랑 신부 인형을 굿상 좌우측에 두고 산 사람들이 하는 행위와 똑같이 초례청을 만들어 놓고 전안례를 시작으로 맞절과 합근례, 두 인형을 신방으로 모시는 의식을 했다. 이 모든 행위는 망자를 인형이 대신하는 대리 주체란 점만 다를 뿐, 산 사람이 치르는 혼례와 똑같았다. 낮부터 시작한 굿은 저녁까지 계속 이어졌다. 꽤 오랜 시간 굿을 하였음에도 당주와 악사, 유족, 곁꾼 그 누구도 지친 기색을 내보이지 않았다. 특히 남색 쾌자를 입은 당골은 하얀 지전과 방울을 높이 들고 펄쩍펄쩍 뛰면서도 지친 기색 하나 없었다. 굿이 중반에 접어들 무렵 화려하게 꾸민

넋당석을 보조무들이 들고 오자 만신은 무명천 위로 그걸 이리저리 밀고 다녔다. 망자가 저승길을 잘 가도록 길 닦아주는 행위였지만 만신의 사설은 서러웠다.

"넋이야 넋이로구나 이 넋이 누 넋이요
아부지 뼈를 받고 어무이 살을 빌려
칠성님께 명을 빌고 제석님께 복을 빌고
천지신명께 빌구 빌어 나온 내 자슥아
니 넋이 내 넋이로구나
그려 이제 넋이라도 오셨으니
오날은 뜨뜻한 디서 몸 좀 피시고
내일은 이곳저곳 돌아보소
넋이야 넋이로구나
신랑 넋은 여게 앉고 신부 넋은 여게로 모시고
삼생연분 따로 있소 결발부부가 아니면 어떻소
초례청 불 밝히소 두 넋이 들어오요
청실홍실 엮은 방에 놀다 가시오
원앙금침 맹글어 신방에 펼쳐 놓고
이승에서 못 이룬 사랑 저승에서 이루소서
허이
반야용선 띄워라
이승에서 못 누린 원 넋반에 고이 모셔라
넋당석이 뜨는구나"

죽은 자의 넋을 좋은 곳으로 인도해 주려는 당골이 토해내는 망자 풀이는 듣는 이로 하여금 눈물을 흘리지 않을 수 없게 만들었다. 그 당골의 소리를 들은 유족들은 마침내 서러움에 북받친 눈물을 하염없이 쏟아내기에 이르렀다.

 굿이 막바지로 치닫고 구천을 떠돌고 있을 망자의 외로운 넋을 저승에 잘 가도록 주무든, 보조무든, 잽이든, 거춧꾼이든 혼연일체가 되어 혼신의 힘을 쏟을 때, 난데없이 경찰이 들이닥쳤다.

 "무당 것들이 지금 어느 땐데 또 굿판이야. 새 시대 들어 미풍양속 저해 사범 집중단속 한단 말 라디오에서 못 들었어. 이것들이 해방됐다고 무당꺼정 해방되고, 전쟁 끝났다고 미신꺼정 정부에서 풀어 주는 줄 아는 모양여."

 갑자기 나타나 깽판치는 경찰에 음악이 끊어지고 이게 뭔 일인가 싶은 사람은 서로 얼굴만 쳐다보았다.

 "허, 일제 때도 그렇고, 이승만 때도 그렇고 어찌 그리 우릴 못 잡아먹어서 안달하는가요."

 악잽이들 중 그나마 젊어 뚝별씨가 살아 있는 사내가 앞으로 나서서 한마디 내뱉었다. 그러자 선임으로 보이는 순경이 그 사내의 뺨을 귓불에 불이 나도록 오지게 올려붙였다. 당장 굿판을 엎어버릴 서슬 퍼런 기세였다. 그때 만신 당골이 나섰다.

 "이보우. 굿이라는 게 다 산 사람 잘되자고 비는 것 아니유. 이렇게라도 해줘야 죽은 귀신도 저승 잘 가고 산 사람도 열심히 살고. 맺힌 마음 풀어 서로 척진 감정 없애 주려 빌고 비는 게 굿이외다. 김순경도 어릴 적 서낭당에서 절 혔던 거 기억나지요."

당골은 순경을 오래전부터 알고 있었던지 타이르듯 말을 하였다. 당골의 이 말에 순경은 물러나며 무르춤한 자세로 섰다.

"엄마 아프다고 내게 와서 작은 비손이라도 빌어 달라고 그 오밤중에 찾아와서는 덮어 놓고 내 손을 잡고 무작정 집으로 달려갔던 거, 그 기억이 엊그제 같구만 그려. 어디 내가 무슨 화타 편작 같은 힘이 있어서 김순경 자네 모친을 낫게 했겠냐마는, 자네와 나 극진한 치성이 있어 효험을 본 게 아닌가. 난 그게 굿이라 생각허이."

만신 당골의 말을 짝다리 짚은 자세로 외로 듣던 순경은 무렴한 표정을 내보이며 한 발 뒤로 물러났다. 그러나 눈을 희번득거리며 작은 꼬투리라도 잡아서 굿판을 엎어버릴 기세는 여전했다. 현은 같이 따라온 젊은 새내기 순경의 팔을 끌고 재빨리 벽 뒤로 데리고 가서 귀엣말로 속삭였다. 새내기 순경은 빠른 종종걸음으로 방금 들었던 말을 그대로 선임 순경에게 전했다. 흠칫 놀란 표정을 짓던 순경은 현을 위아래로 훑어보고는 굿당 사람들과 만신 당골을 향해 무람없이 큰 소리를 질러댔다.

"더 이상 이 굿판은 어떻게 하지 않을 것이요. 근디 이제부터 굿당 짓는 것도 허가제고, 굿판을 벌리는 것도 당국에 신고를 해야 하는 법이 맹글어졌응께 그리 아쇼 잉. 그나마 여긴 내하고 연분이 있어서 이렇게 똥겨주는 것이여. 낼 당장 허가와 신고를 받으러 오쇼. 안 그럼 다른 경찰이 와서 다 때려 부수면 나도 곤란하고 어쩔 도리가 없소."

경고장을 날리며 으르딱딱 을러대던 경찰이 물러가자 이 모든 광경을 숨죽여 바라보던 망자 유족 되는 한 여인이 혼절하고 말았다.

"아니, 이것. 망자는 둘째치고 산 사람 먼저 잡겠구먼. 어이, 어여 물 한 그릇 후딱 떠 오소."

만신의 이 말에 일하던 찬모가 부엌으로 달려갔다.

"여보쇼. 당신이 맘 굳게 먹으야 당신 딸 저승으로 잘 간당께. 저렇게 사위 봐놓고 당신 쓰러져 불면 딸아기 서러워서 저승 문에 어찌 갈 것여. 바늘가시 저리 널려 있는 가시 문을 잘 넘게 하자믄, 당신, 정신을 똑바로 챙겨야 할 것여. 딸년 산에 들어간 게 당신도, 딸도 잘못 아녀. 나라라고 있는 것이 소업을 지대루 못했응께 그런 것여. 어이, 신랑 어멈. 당신도 맘 단단히 잡수소. 나라가 전쟁에 무턱대고 내보냈으면 먹을 것, 입을 것, 신을 것을 지대루 챙겨줬어야 하는디, 갯밭 무 같은 새끼덜, 생때같은 새끼덜 다 굶겨 죽이고, 얼어죽이고 이게 어디 나라가 할 짓여."

만신은 그러더니 눕혀 놓은 지게에 달린 징을 내려 엎어 놓고 동동 당당 쳐댔다.

"만승천자 진시황이 뭔 말이요
스무 년도 몬 산 우리 아기 불쌍타 불쌍허구나
세월아 네월아 널 탓하랴
내 눈 속에 넣어도 안 아플 우리 애기
나 이작 죽어도 좋으니 나 산 세월만큼 내 딸 돌려다오
하직을 합니다. 하직을 합니다
이 집 문전에 하직을 아룁니다
어무이 어무이 북망산천 일러주오
황천길 멀고도 멀으요
가도 가도 어둠이고 가도 가도 살갗 베는 바람뿐이오

춥습네다 춥습네다
일벌일습이 가당키나 허요
꽁꽁 언 몸 푸르다 못해 붉어지니
아이고 내 새끼 아이고 내 새끼
아이고 어무이 아이고 어무이
북망산천 홀로 갈 적 영결종천 저 앞인데
청사초롱 들고 극락세계 찾아가오"

징을 끊어질 듯 이어 치고 낮게 두드리다가 슬픔을 억누르기 힘든 부분에선 세게 연이어 내려쳤다. 그것은 따로 박자나 음률이 있어서 치는 게 아니었다. 이승과 저승을 어떡해서든 이어보려는 무당의 울부짖음이자 몸부림이었다. 하늘과 땅을 위아래로 두고 덩실덩실 춤을 추며 하늘과 땅을 이어주는 자, 무당의 절통한 노래였다.

"이보게 자네. 뭐라 했길래 저 경찰이 순순히 내려갔는감."

"아, 그냥 넘겨짚은 겁니다. 제가 박주환이란 사람에 대해 들은 바가 있어서 한번 그 사람의 이름을 던져 본 겁니다."

"그려. 거 박주환인가 뭔가 하는 양반 꽤 지위가 높은가 벼."

"그렇겠죠. 박주환 이름 한마디에 저렇게 꼬리 사리고 떠나는 걸 보면 말이죠."

"근디, 뭔 허가제고 신고제여. 일제 놈들은 아예 굿을 못하게 하더만. 이승만 때는 미신이다 뭐다 해서 산에서 내쫓고. 지금은 허가제다 신고제다 해서 꼭 사방 꽉 막힌 벽장 속에 가두려는 심보 같단 말여. 그런다고 없어지나. 사람들 몸에 밴 게 굿인디. 몇천 년을 굿으로 달랜 산 사람들의 마음속에 있는 굿을 어떻게 없앨 겨. 부처님도 어찌할 수 없는 것이 굿였당께. 공자님 때도 굿은 살았는디, 예수님 들어왔다고 혀서 없어질 굿이 아니지라. 암 아니지라."

현은 한겨울 동안만 머문다는 조건으로 굿당과 연을 맺었던 터라 봄이 오자 길 떠날 채비를 하였다. 만신의 말대로 언 땅이 녹자 만수란 사내가 아랫배를 받쳐 들고 힘겹게 걷는 여자의 겨드랑이를 부추겨 마당에 들어섰다. 안보일 땐 죽일 듯이 험한 말을 해대던 만신 당골이었지만 애기 들어 선 새끼 무당의 무거운 몸을 보자, 팔자는 무당 저 자신도 어찌할 도리가 없는지 배 아파 난 친딸 어미처럼 산후조리 맡아 후더침이 안 생기도록 알뜰히 살폈다. 약속한 대로 여러 사람의 배웅을 받으며 현은 떠났다.

수제천

현은 논두렁에 핀 자운영을 스치며 오는 봄 냄새를 한껏 맡았다. 말랐던 뿌리에서 싹이 움트고 넘늘어진 버들가지 잎은 신신했다. 들녘 풍경의 빛깔이 싱그럽고 새로웠다. 봄빛이 안 닿은 곳이 없을 정도로 만물이 화창했다. 툭툭 불거진 옹이를 안은 벚나무의 시커면 둥치를 가릴 정도로 흐드러지게 핀 벚꽃은 그야말로 양신미경 가운데 으뜸이었다.

"어히 녹엽성음 잎사귀는 푸르고

초목황락 배고픔에

낙목한천 얼음물만 있구나

화풍난양 봄빛만 배부른데
　　열명길 서두르자니 배고파 못 가겠구나
　　내 죽거든 상여꾼 참돈 말고
　　저승길 망자 노잣돈이나 많이 주오
　　어히"

　천년고도라고 하는 경주로 넘어온 이튿날 언양 갈 길 늦추고 경주를 휘둘러 볼 셈으로 길을 나선 현이었다. 사등이 뼈가 앞으로 넘어질 듯이 등 굽은 노인이 신세타령을 늘어지게 해대고 있었다.

　"어르신 뭔 일 있습니까? 사방팔방에 뭔 현수막이 이렇게 많이 붙어 있습니까?"

　"허허, 이 총각. 눈은 어데, 집에 두고 왔나? 낼모레 임금님 이 길로 행차 하잖어."

　"임금님?"

　"예끼! 이 사람. 아무리 말귀를 몬 알아 묵기로서니 임금니임, 그러면 알아 묵으야 할 거 아녀. 꼭 천년 만에 임금님이 이 서라벌에 납시는 거여. 저기 봐 저기 집집마다 태극기 한 장씩 꽂혀 있는 거 안 보여. 엊그제 내려와서는 찬기도 가시지 않은 논바닥에 들어가서 논갈이를 도와주질 않나, 우리네 없이 사는 것들만 먹는 탁주를 아무렇지 않게 드시지 않나. 우리 맴을 아는 거여. 두고 봐 홀태처럼 푹 꺼진 우리들 배, 고복격양 배불리 먹여줄팅게."

　이승길 배고프다 하여 저승길 노잣돈 달라던 노인이 희망에 부푼 말을 멍석 펼치듯 늘어놓았다. 대금을 둘러메고 봄 향취 그득한 벚꽃 길을 걷고 있는 현의 눈에, 다른 곳에선 좀체 보기 힘든 불상들이 아무렇지 않게 널브러져 있는 것이 보였다. 거기다 맞배지붕의 단순미를 버리고 팔작지붕의 기와집 자태를 더욱 위엄 있어 보이게 한, 그런 솟을대문을 갖춘 집들이 커다란 성채처럼 마을을 이루고 있었다. 그 마을을 통해 길 끝에 난, 이미 오래전부터 형성됐음 직한 시장은 여느 마을과 비교도 안 될 정도로 규모가 컸다. 입고 먹는 일차적인 것을 그냥 내다 파는 소규모 단순 시장이 아니라 커다란 방앗간을 끼고 농산물을 가공하여 빵과 떡을 만들어 내놓거나, 신발 의류 등을 전문적으로 취급하는 가게도 제법 있었다.

시장길을 터덜터덜 걷는 현의 귀로 아이들의 떠드는 소리가 퍽 시끄럽게 들렸다. 그 아이 중 어떤 아이는 조롱 섞인 말을 시종 던지며 작은 돌멩이를 앞서 길가는 여인에게 던지기도 했다. 그러나 여인은 그런 것에 전혀 개의치 않고 길을 걸었다. 여인 얼굴은 백지장처럼 하얬고 얼음장처럼 차가웠다. 오히려 그 모습에 약이 오른 아이들이 겁도 없이 뒤를 바짝 따라붙었다.

"빨갱이, 빨갱이.

빨갱이 년 간다.

어디로 가는데.

김일성한테 간다.

왜 가는데.

속꼬쟁이 바치러 간다."

아이들은 바락바락 악다구니를 쳐댔다. 이를 보다 못한 현은 한 아이를 잡아채어 돌려세웠다. 단단히 혼이 날 줄 안 아이는 자라처럼 목을 집어넣고 움츠렸다. 현은 그런 아이에게 도리어 사탕값을 쥐여주고는 어깨를 잡아 한 바퀴를 돌려 엉덩이를 툭 쳤다. 눈을 휘둥그레 뜬 아이는 와! 하는 함성을 내지르며 개 뜀뛰듯 시장통 안으로 사라졌다.

"쯧쯧, 그러게 뭣 하러 산에 들어가서는, 지 애비 에미 뭔 죄 있다고 다 빨갱이 만들어 싸놓고 무슨 염치로 애비 에미를 찾으러 또 왔나 몰라. 십 년 깜방살이에 형제들 다 등 돌려뿌렸지. 참, 저 여자 운명도 기구하긴 기구혀. 그려, 자고로 장작불과 계집은 쑤석거리면 탈나는 벱인디, 빨간 물이 들어 갔곤. 가만히 있었싸도 팔자 늘어진 인생 남부럽지 않게 잘 살낀데."

혀를 끌끌 차며 말하는 점방 여주인에게 잠시 눈을 돌린 현은 눈밖에 멀어져 가는 여인을 더 이상 볼 수 없게 되자 그제야 발걸음을 돌려 신작로를 따라 걸었다. 흙먼지를 뽀얗게 일으키며 가는 차를 피해 고개를 돌리려니 저만치 가던 차가 갑자기 현 있는 쪽으로 꽁무니를 들이밀며 달려왔다. 검은색 승용차 안에서 한 사내가 내렸다.

"이보슈, 거 혹시 죽음 선생님 제자 아니오?"

차 문을 열고 땅으로 발을 내디디며 묻는 사내는 다름 아닌 박주환이었다. 뜻밖의 만남으로 상황을 헤아리기 힘든 현이었지만 박주환이란 이름을 여러 번 들었던 터여서 그렇게 낯설게 느껴지진 않았다.

"아, 사형! 박주환 사형 아니요. 이거 너무 뜻밖이라 무슨 말부터 해야 할지 모르겠소."

"우리 길거리에서 이럭할 게 아니라 우선 차에 오릅시다. 나도 급히 어딜 가던 길이니 가는 길에 서로의 근황을 얘기합시다."

차가 떠나자 회오리쳐 일어난 흙먼지로 벚꽃이 파르르 떨었다. 경주역을 지나쳐 한갓진 시골길을 잠시 달리니 커다란 절이 나왔다. 박주환은 불국사라 했다. 통일신라의 모든 것이 담긴 절이라 했다. 각 없는 원과 원

없는 각의 돌이 서로 맞물려 떠받든 범영루 옆으로 불국토 천년의 영화를 시간에서 지우려는 듯 일부 무너진 석단에선 쓸쓸함이 그대로 묻어났다. 대웅전 앞마당 가운데 석등을 두고 그 양옆으로 서 있는 석탑을 본 현은 넋을 빼놓고 바라보았다. 빼어난 조형미와 웅장함에 보기만 해도 전율이 일었다. 화려함과 소박함, 정교함과 단순함, 수려함과 탄이함의 절대미에 놀라지 않을 수 없었다. 영혼을 뿌리째 바치지 않으면 감히 엄두도 못 낼 석공의 혼이 담긴 석탑이었다. 신라인의 도도한 배타성과 고고한 순결성을 때 묻지 않은 화강암 속에 감추고 탑이란 이름으로 천년을 간직하며 허공에서 하얗게 빛나고 있었다.

"아우님도 둘러봐서 알겠지만, 아직 문제가 많습니다. 일본 놈들이 곳곳을 파헤쳐 도굴한 흔적들이 남아있고, 무너진 석축을 보면 천년 전 화려했던 서라벌 경주가 함께 무너져 가고 있다는 심정이 들어 마음이 아프지 않을 수 없습니다. 이렇게 아무렇게 널브러져 방치된 보물들을 우린 그저 돌덩이로만 생각하고 살았으니. 이제 모든 것을 하나의 체계로 하나의 틀 속에 보관하여 관리하는 것이 최상의 방법이란 생각이 들었습니다. 무형의 것이든 유형의 것이든 유능한 집단의 강력한 통제와 하나의 질서를 통해 문명을 바꿔나가야 할 것입니다."

현은 아무 말 없이 박주환의 말을 들었다. 박주환은 그런 현을 불국사 경내 밖 너른 마당으로 이끌었다. 거기엔 스무 명 안팎의 악사들로 구성된 합주단이 음을 맞추고 있었다.

"우리 전통 악을 새롭게 만들어 보았습니다. 아쟁을 맨 앞에 두고 그 뒤로 당적인 소금과 해금을 배치하고 너머에 대금을 넣고 그 옆으로 피리,

장고, 북 등을 일렬로 두어 음을 모으고 조이고 풀고 퍼뜨리는 악기 고유의 특성을 살펴 이렇게 자리를 만들었습니다. 여기다 자세히 보면 알겠지만, 땅을 두고 바라봄으로써 소리를 내는 아쟁, 서 있으므로 해서 공간에 소리를 내는 해금, 누군가 들고 있어서 하늘에 대고 소리를 내는 대금, 그리고 때림과 맞음이란 상반된 행위 속에 소리가 나는 장고와 북. 손으로 치고 뜯고 튕기고 조이고 해야 소리가 나는 악기와 입으로 불고 손가락으로 막고 열어야 하는 악기. 그리고 두드리고 때려야 소리 나는 악기를 통해서 새로운 음을 재현해 보려 합니다. 그래서 내일 이곳을 찾는 각하께 제일 먼저 들려줄 우리 음악은 수제천입니다. 각하께서는 3대 주권을 강조하셨죠. 식량주권, 안보주권, 문화주권. 식량과 안보가 바탕이 되지 않고는 문화란 없다란 말씀에 전적으로 공감합니다. 식량과 안보의 바탕 위에 문화가 있는 것이란 강조 말씀에 그에 합당한 음악을 찾다 보니 가장 알맞은 음악이 수제천일 거란 생각이 들었습니다."

박주환의 입에서 수제천이란 말이 나오자 기다렸다는 듯 홍주의를 입은 한 남자가 악구 박을 한번 쳐댔다. 이어 장고의 기덕 쿵! 소리를 신호로 장중하고 유려한 음이 곧장 허공으로 퍼졌다. 아쟁과 해금이 가진 현의 선율이 끊어질 듯 이어지는 지속성에서 충만한 안온함을 느끼다가 대금의 흐르는 소리에서 정신이 혼미하고 추어올리는 소리에서 호흡이 가팔라짐을 느꼈다. 대금이 멈추자 피리가 무겁고 유장미 넘치는 음으로 이어받아 계속 소리를 끌고 나갔다. 불규칙한 수제천 화음을 이처럼 완벽하게 호흡을 맞출 수 있다는 것에 현은 놀라움을 감추지 못했다. 벅찬 감격에 감정이 끓어올랐다.

"저 음은 원래 정읍사를 노래하던 성악곡이었지요. 고려시대 무고舞鼓를 치며 창사唱詞들이 부르던 것을 조선시대 궁중에서 음악으로 받아들여 왕의 거동이나 행차 때 쓰였던 것이죠. 소리가 너무 장중하고 아름다워 봉황음이란 아명을 지어 불렀지만, 봉황이 무어겠소? 생명의 영속성 천수를 기원하는 상상의 동물 아니요? 하늘처럼 영원한 생명이 깃들기를 바라는 의미로 각하께 드리는 헌음이라 생각해도 되오."

박주환의 말이었다. 현은 그런 박주환의 얼굴을 찬찬히 뜯어보았다. 자신만만함 속에 담긴 그의 말투는 힘이 들어가 있었고, 눈빛은 차고 매서웠다. 음을 가지고 권력을 향해 가려는 의지가 엿보였다.

"사형, 문화는 독점적 지위를 확보한 세력들만 향유해선 안 되는 것으로 알고 있소. 문화를 틀 속에 가두고 그걸 누리는 일부는 그들 삶이 윤택할진 모르나, 문화에 소외되고 문화 영역 밖으로 쫓겨난 사람들은 문화 결핍의 결과 피폐한 삶으로 전락하여 종국에는 사회 전체를 병들게 할 것이오. 문화 다양성을 거부하고 통일성만을 일방이 강조하다 보면 문화의 영속성과 생명력은 급격히 쇠락할 것이요. 빼앗긴 나라에서 문화란 영속성 확보에 실패한 것이고, 가난한 나라에서 문화란 외연적 발전을 기대할 수 없지만, 강요된 통제 속 사회에서 문화란 사회를 호흡 불능 상태로 빠뜨릴 위험성이 크오. 문화의 질적 양적 발전 자체를 불가능하게 만드는 것이오. 보시오. 일제가 우리나라를 침탈해서 그들이 뿌린 문화와 정책으로 인해 우리 문화가 훼절 망실되었는데, 그때와 별반 다르지 않은 허가와 신고를 통해 소리를 다스리겠다는 것은 권력자의 입맛에 맞는 음악만 배양하겠다는 거 아니오. 장차 문화를 획일화된 방향으로 몰고 가면 결국 문화는 죽음을 향해 갈 것이오. 문화란 뭐요? 사람들 가슴에 차 있는 고통 기쁨 등 가늠하기 힘든 복잡 미묘한 내재된 감정을 풀어내고, 어루만져주고, 매 쓸어 주는 게 문화요. 문화를 적극 장려하여 그것으로 민중의 동력을 얻어 발전을 이룬다면 굳은 땅 위에 집을 짓는 것과 같지만, 문화를 부차적인 것으로 생각하여 미뤄두거나 어느 한쪽이 소유하게 되는 구조로 간다면 모래 위에 집을 짓는 것과 같소. 문화가 없는, 건조하고 말라 바삭한 사람들이 하는 일이란 힐난, 시기, 이간, 폭력 등 비이성적 행태를 사회에 과도하게 쏟아붓는 것밖에 없으니까."

"아우 말씀도 틀린 말은 아니오. 허나 음악적이지 못하고 음악답지 못한 것은 미리 솎아내야 하오. 두고 보면 알겠지만, 장차 경쟁력 있는 음악만이 국가를 넘어 전략적 상품으로 가치를 인정받을 것이오. 그때 가장 경쟁력 있는 음악만 집중해서 발굴하고 배양 육성해야 하오. 곁가지에 불과한 것들과 시장에 진입하기 힘든, 명맥을 근근이 유지하면서 쓸데없는 고집으로 도태되길 거부하는 음악들은 과감히 잘라내야 하오. 우후죽순 자라 제멋대로 류파를 정하는 것은 더 이상 용납될 수 없고, 꼭 그렇게 한다면 정부에서 따로 제도를 만들어 허가증으로 장려할 생각이오."

이렇게 말하는 박주환의 사고 영역에 더 이상 접근하기 힘들다고 판단한 현은 수십 가지의 아련한 사연과 역사를 가진 아리랑을 생각했다. 빠른 박자와 꿋꿋한 음색으로 독립군가로 사용되기도 했던 밀양아리랑, 애절한 곡조와 구슬픈 가락이 아우라지 강을 흐르는 듯 감정을 온새미로 담은 정선아리랑, 삶의 고단함을 은유적인 가사에 담은 경기아리랑, 사랑에 대한 사설이 질펀한 진도아리랑 등 한 개인이 부담해야 할 역사적 사회적 감정을 자신에게 이입시켜 가사로 표출시킨, 민중들의 정서와 사상이 고스란히 담긴 노래, 그 노래는 한편 민중들 자신의 삶을 표현한 노동요였으며, 고통스런 노동을 줄이기 위한 유희요였고, 결국은 이 모든 것이 희망으로 갈음하길 바라는 희망가였다. 고향 떠난 사람들에겐 타향살이 노래로, 나라 잃은 슬픔을 달래는 사람들에겐 망국의 설움 노래로, 민족 수난에 대한 저항의 노래로, 가렴주구에 대한 항거의 노래로 불리기도 했다. 그 노래를 부름으로써 민족적 동질성을 서로에게 확인받기도 했다. 이렇게 해학적, 서정적, 향토적, 민족적으로 전승 계승되며 민중들의 애환을 담아 표현한 아리랑을 무슨 근거로 존속의 여부를 결정짓는다는 것인지 도무지 알 수가 없었다. 지리산을 나눠 판소리를 발전시켜 온 사람들 중 한 사람에게 자격증을 준다면 결국 새로운 시도를 통해 새로운 음악을 대중에게 선보인다는 것은 애초 불가능한 것이고, 줄 세우기를 통한 음악의 권력화는 면면히 이어져 내려온 많은 음악을 사라지게 할 것이란 생각이 들었다.

  현은 박주환을 앞에 두고 새장 속의 노래가 시대를 풍미할 것이란 스승 죽음의 말을 떠올렸다. 스승님은 이런 시대가 올 것이란 걸 미리 알았던 걸까? 임금님의 거동 행차 때만 부르던 수제천을 박주환이 선택한 이유를 어렴풋이 알게 된 현은 말을 아꼈다. 이왕 구색을 갖추려거든 권마성勸馬聲까지 넣으면 어떻겠느냐는 말을 할까 봐 속으로 피식! 웃고 돌아서고 말았다. 소매를 붙들며 하루 더 머물고 가란 박주환의 손길을 정중히 거절한 현은 아까 눈여겨 봐두었던 경주역을 찾아 발길을 바삐 돌렸다.

목 없는 시신

　박주환의 청유를 거절하고 일찌감치 몸을 돌려 언양으로 내려온 현은 울산 태화강 지류인 남하강 하천에 하릴없이 돌을 던졌다. 윤슬 넘치는 물이 왕관처럼 솟아 잠뽀록 가라앉길 여러 번 거듭하는 물살을 어지럽도록 바라보다가 자릴 털고 일어섰다. 우마차 두 대가 어깨를 견주고 가도 될 정도로 넓게 만든 제방 아래 형성된 시장은 울산과 양산의 사람들까지 와서 물물거래를 틀 정도로 컸다. 땔감을 푸서리처럼 재어 놓은 숯 가게엔 태가꾼들의 것으로 보이는 지게들이 잔뜩 성 오른 소뿔처럼 토담 벽에 기대서있고, 언양 철물이란 명패 하나만 기둥에 달랑 걸고 쇠메를 들어 모루 위 달군 쇠를 쳐대는 대장간과 방짜와 사기그릇을 처마 밑 좌판에 깔고 파는 그릇 가게를 끝으로 막다른 골목을 돌면 장작불을 때 가며 허연 김을 하늘로 연신 날려대는 국밥집들이 올망졸망 모여 있다. 저녁때가 되려면 한참 먼 시간임에도 굴때장군처럼 얼굴 시커먼 사내들이 술잔을 부딪치며 떠드는 소리가 시장 바닥을 훑쳤다.
　"어이, 김 씨. 우리도 이제 이 짓 접어야 쓰겄어. 산에 들어가지도 말고 벌채하지도 말라고 엊그제 지서 것들이 와서 한바탕 난리를 쳐대쌌는디, 웃따 그 눔의 울골질에 신물이 다 날 지경이여."
　"아무래도 그리 할까보이. 마, 구공탄인가 뭔가가 도회지에선 없어서 못 팔 지경이라잖아. 석탄 캐는 곳에나 가봐야 쓸까 싶으이. 처 자석 안 굶겨 죽일라 카믄 마, 빨리 감바리처럼 눈치 빠르게 세상사를 읽어야 하는 게 아니겄어."

"근디 고것보담 산에 드는기 이젠 무서븐 게 웬 바람이 손각시처럼 부는지. 바람 소리에 머리칼이 쭈볏쭈볏 서더쿠만."

"그려. 엊그제 능동마을 마 영감이 숯을 지게에 진 채 돌팍에 다리쉼을 하려고 앉았다는디, 자기 똥구멍 가운데로 뭔가 허옇게 빛나는 게 있어 봤더니 사람 손이었다잖아. 빗물에 씻겨 흙이 무너지는 통에 드러났던 모양여. 마, 마 영감 날 살리라, 하고 도망쳐 왔다지 뭔가."

"요즘 들어 부쩍 많이 튀어나오네그려."

"하긴 지옥 중에 가장 못 견디는 지옥이 끓는 염천 불구덩 지옥인디, 그 불구덩이 속에서 죽는 자신이 을매나 한이 맺혔으면 눈 녹고 비 갠 날만 되면 약속이나 한 듯이 불쑥불쑥 튀어나오겠나."

이런 태가꾼들 사이를 비집고 중 하나가 끼어들었다. 밤톨처럼 딴딴한 몸 한가운데 솟은 짤막한 목은 제법 굵었고, 삭도질 덜된 오른쪽 구레나룻에서 턱선까지 그어진 칼자국이 깊게 난 중이었다.

"오늘 돈 좀 맹글었는감. 거 만드는 즉시 니나노 집에 퍼붓지 말고 잘 쟁여 둬. 처 자석 굶겨서 잘 된 놈 하나도 못 봤어."

"어쿠, 우리 견성 스님 왔구마이. 요즘 통 안 보이더니 뭔 일 있었소?"

"뭔 일은, 뭔 일 있갔습니까? 중이 하는 짓이란 게 뻔하지. 염불 외거나 불알 뒤집고 이 잡고 있거나 둘 중 하나지. 욕심이 없으니 세상에 할 게 하나 읎어. 이렇게 장바닥 흝는 게 내 일이니. 고승께서 말씀하길 더 이상 할 일 없으면 일찍이 시장 바닥에 나가 손 벌려 있으라 했지. 그걸 수행의 마지막 단계 입전수수라 하지요."

"스님이 먼 불알 있다고 불알 뒤집어 이 잡는다 했쌌소. 우리 같은 것들이야 있는 불알도 건사 못해 죽겠는디 오히려 잘된 것 아닙니까? 저도 스님 따라 불알 떼 버릴까 보다."

이런 말에 견성이라 불린 중은 화를 내긴커녕 크게 한바탕 웃었다.

"내가 떼 줄까요? 떼고 나니 이렇게 시원할 수가 없어요. 사람 몸에 억제한다고 해도 커지는 것과 억제 안 한다고 해도 커지지 않는 것이 있는데 그게 무언지 압니까?"

"아니, 스님. 물어보나 마나 불알포 하초 아닙니까? 니미 콧구멍에 봄바람 들어도 커지고, 항아리 이고 오는 새색시 겨드랑이 살만 봐도 커지고, 빨래터에 궁둥이 들썩이며 빨래하는 것만 봐도 커지고, 농익은 감처럼 터질 듯한 치맛말기 속 가슴만 봐도 커지고, 빨래줄에 널린 속꼬쟁이만 봐도 커지고. 당최 주체할 수 없게 만드는 게 그거 아닙니까."

"예끼! 이 사람. 그거야 내처럼 싹둑 잘라 버리면 되지만 그것을 일으키는 근원을 잘라야 하는 법인디 난 그걸 안 자르고 엉뚱한 곳을 잘랐으니 후회막심하지. 마음이란 놈을 잘랐어야 하는 거인디 엉뚱한 걸 잘랐어. 부처님도 자르지 않은 것을 내가 왜 잘랐나 몰라."

그러면서 중은 국밥 속에 든 고기를 한 점 집어 입 속에 넣고 우적 씹었다.

"부처님이 육식을 금하란 것은 쓸모 있는 것이 쓸데없는 짓을 해서지만, 내가 이 고기를 씹는 것은 쓸데도 없는 것이 쓸모없는 짓을 해도 도저히 할 수 없단 걸 보여 주려는 것이지. 발본색원 즉, 발기는 본래 색의 근원인 줄 알고 좆을 잘랐드만 그게 아니었어. 자네들 괜히 성불하겠다고 내 따라 하지 말게나. 성불은 말 그대로 불알을 이룬 것이니 부처님 뜻이 거기 있지. 자네들이 성불하지 않았으면 어찌 이 사회가 이루어질 거며, 이 나라가 지탱이

되었겠는가. 자, 성불하세 성불. 니미애비다불. 니미나 애비나 모두 부처."

견성의 말에 국밥집 노파는 공손히 합장 배례하며 수육을 썰어 바랑에 넣어 주었다.

"자네들, 아까 마 영감이 송장 하나 발견했다는 소릴 들었네. 그곳 알지? 그곳 좀 갈챠주게."

"견성 스님 또 장사 치러 줄라고라? 마, 고마해도 안 되겠능교."

"그만두고 아니고는 부처님이 판단하네. 부처님이 그만하라면 그만둘 걸세. 산 중생뿐만 아니라 죽은 중생도 부처님 가피를 입어야 하지 않겠나. 자, 말해보게."

태가꾼들이 일러준 곳이 어느 곳인지 알겠다는 표정으로 고갤 주억거린 견성은 목탁을 챙겨 서둘러 일어섰다. 현도 무슨 생각이 들어서는지 따라 일어섰다. 그때 현의 얼굴을 살짝 본 견성의 눈빛이 심하게 흔들렸다. 잘못 본 것으로 스스로를 꾸짖고는 고개를 살짝 털어 일어섰다.

해가 중천에 머물자 작괘천 물빛은 은빛으로 찬란했다. 물에 잠겨있는 기암괴석뿐만 아니라 물 밖으로 몸을 드러낸 기기묘묘한 바위들은 기만수봉을 그대로 옮겨 놓은 듯했다. 작괘천 오른쪽 부로산 기슭엔 밀전병을 뒤집어 놓은 듯 보이는 거대한 암반에 인내천이라 새겨진 글씨가 눈에 들어왔다. 아버지가 현을 앉혀 놓고 할아버지에 대해 얘기할 때 가끔 들었던 말이었다. 예전에 절이 있었음을 짐작케 하는 폐사지에 들어서자 두 기의 석탑과 가부좌를 틀고 앉은 석불상이 너른 공터를 지키고 있었다. 현은 처음 와 본 곳이었지만 좀체 낯설게 느껴지지 않았다.

"여보게. 자네 왜 자꾸 날 따라오나? 중이 산속에 드는 건 하등 이상해

할 것 없지만, 머리 검은 자네는 뭣 때문에 산에 들어가나? 설마 머리 깎고 중 되려는 건 아니겠지. 하기야 산속 절이 뭐는 마다할까. 곰삭은 젖국도 찾는 마당인데. 자넬 중 만들어 부려 먹으면 그만이지. 으험."

"그렇담 스님이 부려不慮하시고 저는 무려無慮하겠습니다. 생각을 하지 않는 부려보다 생각 없는 무려가 훨씬 먹기 좋지 않겠습니까."

"오호! 제법일세. 처처불불이네. 중이 부처님 따라가는 것에 무슨 이유가 있겠나. 따라오게."

"저 또한 처처불불 따라가는 스님을 따라가겠습니다."

"어허, 이 친구 재미있는 친구일세. 뒤에 맨 건 뭔가?"

"대금입니다."

"대금?"

"함 불어보게. 내 귀를 향기롭게 한다면 날 따라 오는 걸 허락하겠네."

견성에게서 이런 말이 떨어지자 현은 뒤에 맨 대금을 끌러 입에 대고는 라디오에서 흘러 나와 귀에 담아 두었던 '울고 넘는 박달재'란 노래를 천연덕스럽게 불렀다. 느린 곡조를 약간 빠르게 하여 파지와 악지를 번갈아 튕기듯 누르면서 감칠맛 나게 불렀다.

"허, 우리네 악기 소리는 청승맞고 느려 터진 줄만 알았는데, 이렇게 신이 날 줄이야. 이왕 부른 김에 다른 곡도 한번 불러보게."

견성은 한 곡조 더 듣고 싶은 맘에 궁둥이를 현 쪽으로 옮겼다. 그런 견성에게 현은 마음과 호흡을 가다듬고 신불산까지 흘러든 아버지를 그리는 마음에서 곡 하나를 뽑았다. 처음 살며시 분 입김 밖으로 나온 낮은음이 숲을 한 바퀴 돌았다. 눈을 지그시 감은 현은 마치 아버지를 곁에 둔 어린애처럼 재잘대는 소리로 부르다가 아버지와 헤어지는 장면을 그리는 대목에선 무척 슬픈 음으로 소릴 내었고, 아버지를 좇아 머나먼 여정을 떠나는 대목에선 꿋꿋하게 불렀다. 그러나 생사를 알 수 없는 아버지를 그리는 대목에선 통곡에 가까운 소리로 청 가리개를 모두 열고 쩡!쩡!대며 불렀다.

"아, 그만. 그만하게. 내 가슴이 무너져 내릴 것 같네. 자네에게 빚진 것 같네. 난 견성이라 불리는 중일세. 자네 이름은 뭔가?"

이리 말하는 견성의 눈에 눈물이 맺혔다.

"그런 눈으로 보지 말게. 어데, 중 따윈 눈물 흘리지 말란 법이 있는가."

"현이라 하옵니다. 아버지를 찾아왔습니다."

현이 자기 이름을 말하고 이어 아버지 이름을 밝히자 견성은 들고 있던 목탁을 땅으로 떨어뜨렸다. 목탁이 떼구루루 굴러가는 것도 잊은 채 현을 뚫어지게 쳐다보았다.

"자네가 죽창의 아들이라고? 어여 일어남세. 지금 이럴 때가 아닌 것 같네."

갑자기 자릴 털고 일어난 견성을 따라 현도 덩달아 일어섰다. 발걸음을 재게 놀려 산 소롯길을 마구 헤쳐 가는 견성이었다. 몸피 허연 자작나무 숲을 이루고 있는 곳에서 한숨 돌린 견성은 고래등 기와집보다도 더 큰 커다란 바위 앞에 섰다. 그리고 이곳저곳을 헤집기 시작했다. 이윽고 땅 밖으로 툭 불거져 나온 허연 뼈를 발견한 견성은 '옴 가라지아 스바하'를 굵고 낮게 암송하고 목탁을 두들겼다. 연속 세 번을 독송하여 소리를 낸 견성은 흙을 조심스럽게 거둬 뼈를 간추렸다. 뼈를 거의 수거할 때쯤 견성의 입에서 스님의 말이라 믿기 어려운 상말이 튀어나왔다.
"개새끼들 목을 잘라갔어. 또 목을 잘라갔어. 개 눔의 새끼들. 천벌을 받아 뒤질 육시럴 눔들."

견성의 핏발선 눈에선 금방이라도 밤톨만 한 눈물이 떨어질 것만 같았다. 조심스레 뼈를 간추려 바랑에 넣고 일어선 견성은 현을 뒤로 두고 걸음을 바삐 옮기기 시작했다. 더기라 부를만한 신불평원에 이르자 바람에 주체 못 하는 메마른 억새가 가득했다.

"저가 왕봉이라 부르는 곳이여. 여기 사람들은 왕뱅이만디라 부르는디, 저기다 함부로 묏자리를 쓰면 안 되었지. 역적치발등이라고 역적이 나올 곳이라 하여 누군가 멋모르고 묏자리를 썼다간 경을 치렀지. 마을 사람들이 몰려와 무덤을 파고 관을 들춰내는 건 물론이고 관 뚜껑을 열어 시체를 들짐승 먹이로 던져주기도 했어. 안 그렇겠나. 그 묘 하나 때문에 마을 전체가 역적으로 몰려 몰사당할 판인데. 그 역적이 되기로 맘먹은 사람들이 저곳에서 묏자리 하나 없이 숱해 죽었잖나. 십 년 전에 말일세."

왕봉 쪽으로 눈길을 준 견성은 회한 가득한 표정으로 그곳을 바라보았다.
"스님께서 어찌 그리 잘 아십니까? 마치 이곳에 오래전부터 있었던 사람 같습니다."

견성은 사방팔방에서 불어오는 바람을 마다치 않고 맞으며 고헌산 쪽으로 몸을 틀고는 눈을 감았다.

Ⅵ. 죽음이 남긴 소리

타오르는 산

"만칼 아우. 나 좀 보시오."
"아니 사령관님. 많은 사람 앞에서 아우가 뭡니까? 엄연히 계급이 있고 규율이란 것이 있는 부댄데 말입니다."
"오늘은 그리 부르고 싶소. 마파낫 아우와 철두 동생 잘 좀 챙겨 주시오."
불땀 좋은 잉걸불 곁에 두 사람이 나란히 섰다. 그들 움직임에 따라 그림자도 크게 일렁였다.
"아우도 알겠지만, 적들이 우릴 얕잡아 보고 사주 경계도 없이 돌진하다가 수많은 희생자를 내고 물러난 게 얼마 전이오. 분명 그 실패를 거울 삼아 또 맹렬히 쳐들어올 것이오. 아무리 우리가 지형적으로나 지세가 유리한 곳에 진을 치고 있다고는 하나 식량과 무기의 한계로 우린 어려움에 봉착할 수밖에 없소. 이제 살아날 길과 죽을 길 두 갈래 중 살아날 길의 싸움을 벌일 것이오. 사면이 험준한 산으로 둘러싸인 배내골에서 치른 전투를 사실상 우리가 이겼다지만 이젠 그곳을 버릴 것이오. 적들이 그곳을 집중하여 공격할 것이 뻔하니 말이오. 대신 1중대는 취서산을 맡고 2중대는 재약산에 진을 치고 3중대는 억산 그리고 만칼 아우는 휘하에 있는 번개 부대를 인솔하여 고헌산을 점위하고 있다가 적이 공격을 시작하면 후방을 적극 공략하시오. 적들은 분명 양산 지산리와 등억골 그리고 걸골을 통해 들어올 것이오. 그때 낌새를 봐서 신속하게 적의 의표를 찌르시오."

늦가을 스산한 바람이 초목의 물기를 걷어가고 있었다. 바싹 마른 나뭇잎이 삭정이 가지에 위태하게 붙어 있었고, 왕왕한 여름, 빨치산 발목을 잡아끌던 사초도 작은 발부리에 힘없이 채여 뿌리째 뽑혔다. 조혁우 사령관의 말대로 적들은 여러 차례의 실패를 거울삼아 넓게 분산하여 토끼 몰듯이 쳐들어왔다. 아무리 가장 기동력 우수한 부대를 지휘하는 만칼도 적들의 집요한 공격에 지칠 수밖에 없었다. 후방을 치려고 해도 적들이 보유한 가장 강력한 무기의 하나인 무전기로 빨치산의 이동 경로와 위치를 파악하여 빨치산보다 더 빠르게 움직이는 통에 빨치산들은 고전하였다. 그런데 이상했다. 공격은 집요했으나 퇴각하는 빨치산들을 쫓지는 않았다. 산 위로 몰기만 거듭했다. 수십 차례 크고 작은 전투를 한 빨치산들은 이런 군경 토벌대들의 움직임을 의아하게 생각했다. 심심풀이로 총 몇 방을 허공에 놓을 뿐 뒤쫓지 않고 빨치산들이 도망간 곳을 관망만 하였다. 마치 잘 훈련된 개가 주인 명령에 따라 먹잇감이 도망치지 않도록 지켜보는 모양새였다. 그때였다. 토벌대들이 왔던 곳으로 다시 물러가자 넉 대의 비행기가 기다렸다는 듯 산등성 위로 날아올랐다. 영문도 모르는 빨치산들은 단순히 삐라를 뿌리는 줄 알고 숲 그늘에 모여 숨죽인 채 비행기를 지켜보고 있었다. 그러나 조혁우 사령관은 얼굴이 굳어졌다. 삐라를 뿌리자고 오는 비행기치곤 그 수가 너무 많았고, 마치 어디를 향해 갈 것인지 알 수 있을 정도로 비행기들은 방금 전투를 치열하게 치른 곳과 숲과 구분 지어진 삐라를 수거한 곳으로 방향을 돌렸다.

　사령부가 있는 갈산고지에서 죽림굴로 그리고 신불산 왕봉, 재약산 수미봉, 주암계곡의 주계덤, 천황산 사자봉으로 이어지는 고지로 위험을 알리기엔 이미 때가 늦었다. 비행기에서 일정한 간격으로 떨어뜨린 통발만 한 폭탄은 지상으로 떨어지기도 전에 일찍이 보지 못했던 섬광을 일으켰다. 삽시간에 숲을 통째로 태워버렸다. 철철 넘치던 물 많은 계곡은 허연 증기로 가득 찼고, 증기는 바람 따라 하늘로 맹렬히 솟아올랐다. 계곡에 숨어있던 빨치산들은 가슴을 쥐어뜯으며 쓰러졌다. 불이 붙어 타는 엄장한 나무들의 몸피가 쩍쩍 갈라지면서 내는 소리가 천지를 진동했고, 그런 나무들이 빨치산의 몸 위로 쓰러졌다. 폭탄 떨어진 곳엔 어김없는 불길이 파장처럼 일었고 불길은 위가 아닌 아래로 용암처럼 흘러 내렸다. 그 불길에 싸인 바위들이 터지면서 하늘로 자잘한 돌들을 날렸다. 선을 통해 들었던 네이팜탄임을 그때야 조혁우는 알았다. 한 면만 인쇄된 삐라를 대량으로 살포한 것과 살포한 삐라를 수거한 지역을 확인하기 위해 비행기가 날았던 것 하며, 전투가 일어났던 곳과 투항자를 통해 얻은 정보를 바탕으로 빨치산들이 있을 만한 곳이면 어김없이 네이팜탄을 퍼부어댔다. 대낮임에도 산골짜기, 봉우리, 평원 가리지 않고 터져 나오는 하얀 섬광이 눈부셨고, 이어 솟은 시뻘건 불길에서 내뿜는 열기가 창공에서 아지랑이처럼 하늘로 퍼졌다.

　조혁우는 눈을 감았다. 얇은 눈꺼풀 안으로 붉은 기운이 비쳤다. 어마어마한 화염 덩어리를 본 만칼은 본능적으로 조혁우가 점위하라고 한 고헌산으로 토끼처럼 내 달렸다. 한 발짝 내디딜 때마다 만칼의 뒤통수를 뜨겁게 잡아끈 화염은 끈질기게 따라붙었다. 허리는 총 맞은 듯이 뜨거웠고, 머리숱은 타는 듯했다. 찬바람이 이마를 스칠 때까지 만칼은 죽을힘을 다해 달렸다. 산 넘어 운문산까지 무작정 내달린 만칼 앞으로 마파낫과 철두가 시뻘건 불을 이고 달려들었다. 자기를 버리고 떠난 만칼에게 화염 덩어리를 씌워 주려고 달려들었다. 만칼은 소스라치게 놀라 허공에 손을 놀려대며 벌떡 일어섰다. 꿈이었다. 가위눌린 꿈이었다.

"일어났는가. 뭔 꿈을 그리 정신없이 꾸나. 죽으면 꿈도 없나니 산 것에 고마워하게. 나무관세음보살."

만칼은 땀으로 흥건히 젖은 몸을 일으켜 세워 방문을 벌컥 열었다. 나이 든 중이 뒷짐을 지고 멀리 내다보고 있었다. 험곡장림에 찬 뿌연 새벽 안개가 산허리를 감싸 안은 모습이 눈에 들어왔다. 그지없이 조용한 곳에 처마 밑 풍경만 땅땅 울려 댈 뿐이었다.

"스님. 대체 어떻게? 이곳이 어딥니까?"

"허허. 불길을 피해 도망치는 산 짐승들이 내 절간으로 들어오는데 어떡하겠나. 불은 나도 싫은걸. 그렇게 들어온 짐승 중에 유독 머리 검은 짐승만 차라리 죽겠다고 절벽 아래로 몸을 던지지 않았겠나. 천만다행으로 상처 없는 몸에 숨이 붙어 있더군. 죽기로 작정했으면 온몸의 기를 뺐어야지. 자네의 본능적인 피사避死의 의지와 강건한 체력이 자넬 살렸지. 난 그저 옮겼을 뿐이야. 그리고 보면 자넨 애초부터 죽고자 했던 마음이 아니었어. 그렇다면 이승에서 살아 보게나. 예서 한철 나고 그때야 자네 맘 둘 곳 정하게. 그곳이 무덤이든 산 아래 동네든, 절간이든."

어디서 왔는가

절에 머문 만칼은 우수동냥을 하며 땔감을 투장하여 재어 놓는 일과 불목때기로 밥 짓고 빨래를 하였다. 계절 한철이 변해도 노스님은 일절 만칼에게 말을 건네지 않았다. 만칼 또한 아무 말 없이 절간 허드렛일을 도맡아 했다. 절간이라 해봤자 부엌 딸린 요사채에 자그마한 대웅전 하나가 전부였고 대웅전 앞엔 탑신과 탑두 보주가 온전한 자그마한 삼층석탑이 있었다. 석탑 처마귀를 뚫어 달아 놓은 풍경이 하릴없이 땡그랑거릴 뿐, 절간은 조용했다. 간혹 나이 든 중들이 노스님과 청담을 나누고 갈 뿐 세상 경계 밖에서 한참 떨어진 지극히 평온한 절이었다. 그렇게 3년을 머문 만칼에게 노스님이 말 한마디를 던졌다.

"어디서 왔노?"

"……?"

"어디서 왔느냐 말이다. 어디서 온 것조차 모르는 너가 어찌 여기에 머무려드는가?"

만칼은 머릿속이 하얘짐을 느꼈다. 오직 몸뚱이가 아무 생각 없이 움직인다는 것밖에 몰랐던 만칼은 노스님의 말에 몸이 뻣뻣하게 굳었다. 단 한 발짝도 앞으로 나서질 못하고 입안의 침도 말라버려 혀가 바삭거렸다.

"그렇다면 어데로 갈 것인가?"

그제서 만칼은 눈에 환하게 뭔가 일어나는 것이 보였다.

그런 만칼의 표정을 읽은 노스님은 시봉하는 애기 중을 앞장세우고는 만칼을 뒤춤에 매단 듯 이끌고 절벽 같은 바위 아래 굴로 들어갔다.

"자. 한 소식 하고 나오니라. 절대 나오지 말그라. 세상이 또 한 번 뒤집어진다 해도 나오면 안 된다."

머뭇거리는 만칼의 등을 떠민 노스님은 일사각오할 정신으로 용맹정진할 것을 주문하면서 대사일번절후소생大死一番絶後蘇生이란 글을 써주었다. 노스님이 굴 입구에 허름하게 서 있는 싸리문을 바람에 낙엽 뜨듯 살짝 닫았는데도 만근 무게의 바윗덩어리가 구르는 느낌이 들었다. '크게 한번 죽어 다시 살아 남'이란 노스님이 써주고 간 글 중 크게 한번 죽는다는 것이 무엇인지 만칼은 곰곰이 생각해보았다.

생쌀을 씹고 소금을 간간이 물에 풀어먹으며 굴 안에서 반년을 날 즈음 암굴 싸리문이 벌컥 열렸다. 빛이 다급하게 굴 안으로 쏟아져 들어왔다. 빛에 묻어 들려오는 화급한 목소리엔 울먹임이 가득했다. 노스님을 모시는 애기 시봉이 소매로 눈물을 훔치며 싸리문을 붙들고 서 있었다. 만칼은 직감적으로 무슨 큰일이 일어났음을 눈치를 채고 용수철처럼 자리를 차고 올랐다. 두려움에 떨고 있는 시봉의 어깨를 쓸어주고는 바위를 사뿐 건너 밟고 반년 전에 왔던 길을 쏜살같이 내달렸다. 만칼의 눈에 들어온 절은 귀살쩍었다. 대웅전 가운데 모신 목조 불상은 법당 안에 나뒹굴고 법당 문짝은 뜯겨 나갔다. 절 마당엔 흙무지 된 가사 장삼을 입은 노스님이 금방이라도 주저앉을 듯 두 팔을 땅에 버팅이며 밭은기침을 내뱉고 있었다. 숨이 끊어질 듯 거친 숨을 몰아쉬고 있는 노스님 곁으로 두억시니 같은 험상궂은 사내들이 둘러싸서 조리돌림을 놓고 있었다.

"어이, 영감. 우리도 이렇게 대가리 밀고 보이 중 팔자가 상팔자 중 상팔자더이다. 누릴 거 다 누리고 그 정도 호의호식 잘 먹고 잘 살았으믄 이제

이 절에서 떠나는 게 거, 뭣이냐, 순리 아니겠소. 여러 말 할 것 없고 이 절 전답 문서 내놓고 조용히 나가기만 하믄 사지는 온전하게 보존해 줄팅게. 살아 있는 부처라고 근동에 소문이 자자하더구마이. 생불이면 도력도 높을낀데, 어데 우리와 한번 힘 씨름 좀 해보입시더. 옛날에 구름을 타고 하늘을 붕붕 날며 왜놈을 물리쳤다고 하도 할배들이 얘기를 해 싸서 내 귀에 딱지가 다 앉았소. 어디 한번 도술을 부려보소. 저기 저 당신이 믿고 의지하는 부처를 일으켜 세워 내 싸대구 한번 후려갈긴다면 내 믿어 보리다."

머리를 중처럼 짧게 깎았으나 얼굴 곳곳에 난 흉터와 일그러진 목자는 중으로는 전혀 어울리지 않는 왈패들이었다. 떼거리로 몰려다니면서 작은 절이나 암자를 완력을 써서 갈겨먹는 자들이었다. 왜색불교 청산과 청정 수행 가풍 회복이란 명분하에 권력을 등에 업은 비구 측이 대처승 측의 사찰을 공공연히 접수하자 대처승 또한 왈패들을 고용, 자신들의 재산과 지위를 지키는 것에서 한발 더 나아가 비구 측 재산을 노리는 경우가 허다했다. 세상이 어지럽고 좀체 나아질 기미가 보이지 않자 물리적인 힘을 믿은 세력들이 절간 곳곳에서 백주에 재산을 강탈하는 일을 공공연하게 벌였다. 이들은 한평생 비구로 살아오면서 학문과 도를 깨우친 고승대덕들에게도 무지막지한 주먹을 휘둘러댔다. 금도를 넘는 행위를 서슴지 않았다. 그런 그들의 발길질에 힘없이 나뒹구는 노스님의 모습을 본 만칼의 눈에 불똥이 튀었다. 대웅전 문 앞에서 주먹을 부르르 떨고 있는 이런 만칼을 본 한 작자가 침을 쩍 뱉고 휘그적대며 그들 무리 밖으로 걸어 나왔다.

"어여, 너도 중이고라? 면상에 벌레 같은 칼자국이 있는 것 보이 우리와 한통속 같은 번지수인디, 어쩔그나. 우리가 먼저 접수했는디. 어쩨? 너 혼자 온겨? 무시라 배짱 하난 두둑하구마이."

 서도 말투를 진하게 쓰는 사내가 만칼이 혼자임을 만만히 보고 찔락대며 만칼 앞으로 다가왔다. 대웅전 계단을 단 한 번 땅뜀으로 몸을 솟구친 만칼은 앞선 사내의 말이 다 끝나기도 전에 사내의 면상을 향해 발을 곧장 뻗었다. 만칼의 발길질에 사내는 몇 걸음 뒤로 비척거리며 물러나더니 기어코 절간 옆 개골창에 엎어져 버렸다. 순식간에 일어난 일이라 누구도 이 광경을 믿으려 하지 않았고 눈만 휘둥그레 떴다. 사태를 짐작한 왈패들이 그제야 결기를 빼물은 듯 서너 명이 앞장서 나섰다. 만칼은 뾰족한 물미장을 자신의 가슴팍을 겨누고 들어오는 사내를 낚아채 팔목을 비틀어 버렸다. 그리고는 처장여 놓았던 땔감 나무 중 팔 길이만 한 장작을 쭉 뽑아 칼을 들고 달려드는 네댓 명의 사내들의 손목을 작신 분질러버렸다. 더 이상 이길 수 없음을 안 사내들이 황급히 도망쳤다.

 "따라 들어오니라. 네게 활연관통을 바란 건 아니었지만, 이리도 빨리 너의 갈 길이 정해질 줄 몰랐다."

 "무슨 말씀이시온지."

 "온 곳을 모르되 갈 길을 안다고 하지 않았느냐. 시절이 하 수상하니 머리 깎고 법복 입은 채 만행하기 바란다. 근기를 잃지 말고 수행하고. 어디 가서든 힘든 일 있으면 부처님을 믿고 의지해라. 내가 너에게 줄 수 있는 것은 이 목탁과 염주 그리고 견성이란 법명이다."

 이렇게 견성이란 법명을 얻고 언양에 들어온 만칼이었다. 언양에 들어서자 그가 가고자 맘먹었던 신불산을 바라보았다. 신라가 군정을 설치했다고 하여 붙인 군정이란 이름을 따서 세운 군정국민학교에 잠시 발길을 놓은 만칼은 눈을 지그시 감았다. 통비분자란 혐의를 씌워 마을 주민들을 불살라 죽인 곳이었다. 만칼은 견성이란 이름을 입속에 되뇌며 조용히 목탁을 두들겼다. 목탁 소리가 점점 하늘로 퍼지자 저 멀리 태양 빛 붉게 어린 구름이 신불산으로 다가오고 있었다. 이곳을 통해 운문재를 넘으면 청도와 대구로 바로 갈 수 있고, 석남재를 넘으면 밀양에 가 닿았다. 번개 부대를 이끌고 수도 없이 넘나들던 곳이었다. 그 옛날 커다란 성이 있었음을 알려주는 마을 장성리와 활을 쏘며 무예를 갈고 닦던 궁평, 사시들, 시암, 그리고 허연 김을 내뿜으며 날기를 원하던 용마를 키우던 마두배기, 임진왜란 때 의병들에게 화살을 만들어 공급해주던 살티를 거쳐 오르면 배내재란 장구만디에 이르게 되고, 배내재를 넘어 태봉을 향해 가다 왼편으로 꺾어 오르면 비로소 보게 되는 갈산고지가 조혁우 사령관, 죽창, 그리고 마파낫과 철두 아우를 이승에서 다시는 보지 못할 저승으로 떠나보낸 곳이었다. 만칼은 가슴이 뛰었다. 벅찬 가슴을 애써 누르고 배내재를 향해 쉬지 않고 걸었다. 옆길을 돌아보지 않고 골똘한 채로 걷는 그런 만칼을 빈 지게를 진 촌로가 돌려세웠다.

"어이, 스님. 어딜 바뻬 가십니꺼? 첨보는 스님인디, 이 험한 산길을 똥구녕에 불침 놓은 것 맨코로 어찌 그리 바뻬 걸으십니까? 까마귀 따위가 시체나 뜯어 먹으려고 이 배내재를 넘을까, 웬만한 사람 아니며는 넘질 않는 곳인데. 오늘 어째 사람을 자주 보네 그려. 식전에도 어떤 사람이 이곳을 넘던데."

궁둥이를 툭툭 쳐대던 빈 지게의 다리를 붙들고 말하는 촌로였다. 그제야 사람이 있음을 안 만칼은 두 손을 공손히 모으고 머리를 숙여 인사를 하였다.

"아, 예. 조용한 곳에 암자 하나 지어볼까 알아보러 다니는 중입니다."

"어허, 이 스님 아는 것 없이 싸기만 잘하는 몰라쌌네 스님이구마. 이곳은 음기가 너무 세서 지금껏 절이나 암자, 심지어 굿당조차 배겨내지 못해 나갔던 곳이오. 그런 곳에 암자를 짓겠다고 들어온 스님, 지금 제정신잉교?"

"아이고, 어르신. 제정신이면 어디 이런 곳에 암자를 짓겠습니까?"

"이 스님 농담도 푸실 푸실 잘해 쌌네 그려. 이름이 뭐요?"

"견성이라 하옵니다."

"웃따, 이름 하나 기막히고마. 잉, 견성. 개 같은 성격. 그러이 이곳에 절을 짓겠다 들어오는 거고마."

촌로의 어이없는 기발한 해석에 만칼은 껄껄대고 웃었다.

"근디, 스님. 자, 보시소. 어데 성한 나무 한 그루 있습니껴? 미군 쌕쌕이들이 다 불 질러버린 숲에 남은 건 작은 보드기 나무들밖에 없는데, 스님이 안주할 만한 작은 거처가 있을랑가 모르겄소. 내사 이곳에서 산 지 수십 년이고, 전쟁 피해 다시 들어온 게 몇 해 전이지만, 그 옛날 호랑이도 나왔다던 이곳은 그야말로 옛말이 돼부렸소. 다 폐허가 된 마당에 그래도 삶을 이어보겠다고 들어온 사람들 얼마 안 있어 죄다 도로 안 나가 뿌렸겠소. 밤마다 울부짖는 소리에 다 나가뿔고, 이제 저승길 잡아 둔 나와 같은 영감쟁이들 몇만 남아 할 수 없이 살고 있소."

"어르신, 밤마다 울부짖는다니요? 그게 무슨 말씀인지."

"작년부턴가 배내재 넘어 응, 그려. 저기 저 짝 아래 죽은 빨치산들의 시체가 조그만 구릉을 이루다시피 몰살당한 곳에서 밤이면 밤마다 '내 목 내놔'라고 밤새 울부짖는 소리가 들리지 않았겠소. 밤 되면 온갖 귀신들로 들끓어대는 이곳에서 그들 소리가 가장 기괴하고 소름이 끼치더구먼. 낼 죽을 내도 두서구니가 빳빳해지고, 머리 터럭이 곤두서는데 젊은 사람들이야 오죽했겠소. 그래 사람들은 도저히 못 살겠다고 바리바리 짐을 싸서 일부는 금강골재를 넘어 언양으로 이사 가부렸고, 또 누구는 긴등재를 넘어 경주 산내로 이사 갔지. 나야 죽음을 눈앞에 뒀으니 그냥저냥 여게 눌러사는 것이고. 안 그럼 내도 발싸 이사 갔제. 얼릉 귀문 열어 그들 귀신들 자기 세계로 들어가게 해야 쓰겄는디 말이요. 근디 왜 그들이 거기서 몰살당해 죽었을꼬? 저번에 이곳 지서에서 근무하던 순경 말을 들으니께, 시뻘건 불길을 피해 주암계곡 쪽으로 달아나던 빨치산들이었다지. 거기엔 사철 가득 찬 물이 흘렀으니 염천 지옥보다 더 뜨거운 불바다를 피하려고 그쪽으로 도망치다 군경의 매복에 걸려 다 죽었다더군. 그런데 죽었건 살았건 간에 빨치산 목을 잘라 오면 상금과 포상을 내려 준다는 말에 너나없이 빨치산 목을 잘랐지. 난중에 알려진 사실이지만 실은 빨치산에게 처참하게 죽은, 서준협이라고, 양산서장 하다가 공비들에게 죽은 서장. 그 서장의 일가붙이들이 개인 원한으로 그렇게 복수를 했다고 하더군. 아, 이거 갈 길 바쁜 스님 붙들고 괜한 얘기를 주절거렸소. 어쨌든 절이든 암자든 부처님 법력으로 맺힌 원을 풀어주소."

소나무는 살아서

　허름한 등을 보이며 걸어가는 촌로가 숲 그늘로 완전히 사라질 때까지 만칼은 합장한 손을 오래도록 거두지 않고 그 자리를 지키고 서 있었다. 배내봉에서 오른쪽으로 방향을 틀면 능동산이고 왼편으로 길을 잡으면 오두산이다. 빨치산들이 이 산을 통해 밀양과 언양으로 갔다. 배내재에서 배내봉으로 오르면 보게 되는 밝얼산은 짐승조차 들어가길 꺼리고 한번 들어가면 다시 못 나온다는 저승골을 두었다. 빨치산들은 그곳을 거쳐 등억마을로 해서 언양과 양산까지 보투를 다녔다. 사방팔방에서 종잡을 수 없이 불어오는 배내봉 바람은 사람을 허공에 자위 뜨게 할 정도로 세었고, 쩌렁쩌렁 소릴 내며 빨치산들의 얼굴을 사정없이 후려갈겼다. 내일 당장 죽을지도 모르는 빨치산들은 가슴을 풀어 헤치고 바람을 오롯이 맞으며 커다란 바람 소리에 묻혀 금세 사라져 버릴 어머니를 목 놓아 부르곤 했다. 만칼은 그때를 생각하며 옷깃을 여몄다. 그리고 촌로가 아까 말한 이 배내재를 넘은 사람이 자기 말고 더 있다는 것에 호기심과 궁금증이 더해져 빠른 걸음으로 길을 잡았다.
　부지런히 걸어 아까 촌로가 말한 곳을 눈에 익혀 두고 다시 발걸음을 재게 놓아 옛 사령관 막사가 있던 갈산고지를 향해 걸었다. 일제강점기 시절 벌목한 나무들을 일본에 실어 나르려고 만들었던 산판길이 좁좁하지만 여전히 그때 모습으로 신불산을 향해 나 있었고, 우람한 나무들이 베어지고 불타 없어진 탓에 갈산고지까지 쉽게 오를 수 있었다. 신불산 정상으로 가지 않고 산 중턱에서 오른쪽으로 꺾으면 아무것도 없어 보이는 급격한 비탈길 아래 그 옛날 사령부가 있었음을 확인한 만칼은 예전 기억을 되짚지 않고도 쉽게 찾아내었다. 그곳에선 신불산 봉우리, 간월능선, 영취산뿐만 아니라 재약산, 천황산, 능동산 심지어 시계가 제대로 탁 트인 날엔 속리산까지 보였다. 눈길이 가닿을 만큼 험지 속에 숨은 요지이자 적들의 움직임을 간파할 수 있는 망지였다.

직선거리로 한 마장도 안 된 곳에 자리 잡은 죽림굴을 서럽게 바라보며 막사 옛터에 도착한 만칼은 깜짝 놀랐다. 누군가 삼색 과일에 떡웃지짐까지 올린, 소박하지만 정성을 다한 상청을 차려 놓은 걸 보고 만칼은 눈을 휘둥그레 떴다. 살라 피운 향대의 크기로 보아 이런 제상을 차린 시각이 그리 길지 않았음을 안 만칼은 주위를 개뜀 뛰듯 이리저리 뛰며 주변을 샅샅이 훑었다. 그러나 사람 흔적조차 찾을 수 없는 숲속엔 적막만이 흘렀다. '군경 신불산 공비 완전 토벌'로 제목 찍힌 신문 기록을 샅샅이 훑고 여러 전언을 수십 차례 들어봤지만, 생존자가 있다는 기록은 그 어디에서도 찾지 못했다. 다만 전투지역을 벗어난 빨치산 대원 두 명만이 살아있단 소식을 들었을 뿐이고, 그들도 곧바로 체포되어 징역형을 살고 있었기 때문에 이곳에 오기란 애초 불가능했다. 생각 샘을 열심히 길던 만칼은 결국 고개를 강하게 가로 저었다. 이런 만칼을 또 한 번 놀라게 한 건 제상 양옆으로 서 있는 소나무였다. 벗겨진 보굿도 없었고, 솔가지 하나 상처를 입지도 않은, 우듬지 씽씽한, 기상 늠름한 소나무였다. 어떻게 그 잔인한 화마 속에서도 살아남을 수 있었는지 생각조차 가늠하기 힘든 나무였다. 만칼은 그 소나무를 올려다보았다. 소나무 또한 만칼을 내려다보고 있었다. 만칼은 조용히 다가가 소나무를 부둥켜안았다. 그간 참고 참

앉던 북받친 울음을 기어이 토해내었다. 나무 비늘에 얼굴이 긁혀도 끌어안은 나무를 놓지 않고 부벼댔다. 소나무를 부둥켜안고 그렇게 오랫동안 울었다. 그날 밤부터 만칼은 목탁을 끊임없이 쳐댔다. 팔등에 쥐가 내리고, 손목이 퉁퉁 붓고 어깨가 끊어질 듯 결려도 목탁을 놓지 않았다. 목탁소리는 그 옛날 불로 하늘을 뚫었다는 천화처럼 하늘을 뚫었고 스산한 바람에 묻어오던 빨치산들의 울부짖음도 잔자누룩해졌다. 그러자 떠났던 주민들도 한둘 다시 배내 산골로 돌아왔다.

"견성 스님, 몹시 평안해 보이십니다."

"이곳에 오면 그렇네. 지극히 마음이 평안하네. 큰스님 말씀이 온 곳은 몰라도 갈 곳은 안다는 나를 등 떠민 까닭을 이제야 알 것 같네."

만칼은 공손히 합장하며 가지산 너머 운문산 쪽으로 고개를 깊이 숙였다. 발걸음을 빨리했다. 이번엔 기어코 제상을 몰래 차려 놓고 흔적 없이 사라지는 자가 누구인지를 밝혀내리란 마음에 산 꿩처럼 산길을 통통 튀어 올랐다. 현도 덩달아 숨찬 가슴을 누르며 만칼을 붙좇아 올랐다. 사령부 막사가 있던 자리에 다다르자 바람에 실린 향내가 코끝을 자극했다. 묽은 향내였지만 그 향내를 맡은 만칼은 눈시울이 붉어졌다. 도대체 누구기에 내리 삼 년을 꼭 이맘때 제상을 지극정성으로 차려 놓고 가는지 꼭 알고 싶었다. 사령부 막사가 이곳에 있었노라며 보란 듯이 선 소나무 두 그루 가운데 예의 제상이 고이 차려져 있어 이미 사람이 도다녀갔음을 짐작할 뿐, 소나무를 가로 두고 향이 피워 올려 내는 가느다란 연기만 흐릿하게 보일 뿐이었다. 만나보고자 간절히 고대했던 기다림이 한순간에 사라졌다는 허무함에 맥이 풀렸다. 연기만 조용히 허공에 머물다 흩어지길 반복하고 있었다. 만칼은 허든대는 자기 다리를 바로 세우고는 제상에 다가가 술 한 잔을 따라 올렸다.

　배내천 근처 자신의 암자로 내려온 만칼은 바랑 속에 든 뼈를 평소 마름질해 놓았던 목함에 넣고 발견한 장소와 날짜를 썼다. 볕뉘 잘 들고 바람이 잘 통하는 요사채 한편으로 들고 가려던 만칼은 대웅전 댓돌 위에 가지런히 놓인 신발 한 켤레를 보았다. 신발코를 하늘로 세운 사뜻한 고무신이었다. 금방 냇가에서 씻은 듯 말라가는 물기를 따라 드러나는 상아처럼 하얀 신발은 두고 볼 것 없는 여자 신발이었다. 볕도 쉬이 들지 않고 빛도 쉬이 가버리는 외딸고 으슥한 산골 암자였다. 산판꾼이나 태가꾼 아니면 저승길 앞둔 탓에 세상 두려움 모르는 노인네들만 마실 차 들를만한 곳이었다. 그런 곳에 낯설고 눈에 익지 않은 여인네의 신발이 놓여있었다. 만칼은 야릇한 감정이 솟아올라 고개만 갸웃거렸다. 빼꼼히 열려있는 문틈으로 코딱지만 한 대웅전 안을 들여다본 만칼은 눈 안에 들어온 한 물체를 보자 흠칫 놀라 뒤로 물러섰다. 살쩍에 맺힌 땀방울이 목선을 따라 흐르는데도 부처님 향해 두 손을 가슴에 모으고 내려놓으며 끊임없이 절을 하는 사람은 다름 아닌 빨치산 보투원으로 생사조차 묘연했던 이경애였다. 놀라움에 입이 다물어지지 않은 만칼은 뒤로 물러나 댓돌에 그냥 주저앉고 말았다. 토벌대들이 뿌려댄 뼈라 속에서만 봤던 이경애가 자신 앞에 서 있다는 것에 놀라움을 금치 못했다. 그렇게 무언가 홀린 듯 우두망찰하고 있는 만칼의 등 뒤에서 스님이라 부르는 소리가 들렸다. 여린 맛이 가시긴 했어도 또랑또랑한 목소리는 춤 잘 추고 노래 잘 부르던 틀림없는 이경애 목소리였다. 만칼이 쉬 돌아보지 않고 있으려니 좀 더 큰 소리로 만칼을 불렀다.

"견성 스님, 저 이경앱니다. 꼭, 만칼 동무라 불러야 뒤돌아봐 주실겁니까."

이런 소리를 듣고서야 만칼은 댓돌 밖으로 한 걸음 빼면서 뒤돌아보았다. 스무 살 앳된 이경애는 간데없고 백지장 같은 창백한 얼굴에 그악스런 세상 풍파를 견디어 내고 파인 듯 깊은 눈으로 만칼을 보는 이경애였다. 이경애는 만칼이 앉았던 댓돌 위로 발을 올려놓으며 엷은 미소를 지었다. 만칼은 순간 이경애 동무란 말이 나오는 걸 억지로 참고 나무관세음보살만 뇌었다.

"스님, 그간 무고하셨고요. 이곳에 들를 때마다 여기 사람들을 통해 스님 소식을 들었지요. 그렇게 접한 소식으로 만칼 동무일 거란 생각을 했지만, 정말 만칼 동무가 스님이 됐을 거란 상상도 못 했습니다. 이렇게 살아 만나니 그 감회를 말로 다 표현할 수 없군요."

감정을 최대한 억누르면서 말을 가지런히 늘어놓는 이경애를 뒤로 두고 등만 보인 만칼은 말없이 앞장서 옆 요사채로 휘그적 걸었다.

"앉으시지요. 아무것도 없는 절간이라 내놓을 건 없습니다만, 여기 물이 좋아 차나 한잔 끓여 내올 테니 잠시 기다리시지요. 아, 소개할 사람이 있습니다."

만칼은 방석을 내어 이경애를 앉게 한 다음 밖을 향해 나지막한 목소리로 현을 불렀다. 두 사람의 모습을 멀리서 죽 지켜보던 현도 그제야 신발을 벗고 방으로 들어섰다. 방에 들어서자 이경애와 눈이 마주친 현은 잠시 놀랬다. 엊그제 경주에서 본 여인이 자신 앞에 앉아 있다는 것이 놀라

웠지만 이런 현과 달리 이경애는 조금 전까지 앙다문 입술을 어쩌지 못하고 넋이 반 나간 사람처럼 현을 뚫어지게 바라보았다. 이경애는 정신이 아득하니 멀어지며 눈앞이 혼미해짐을 느꼈다. 이런 이경애를 본 만칼이 한마디를 던졌다.

"아니 두 사람 서로 알고 있었소?"

"스님, 그게 아니오라. 저 젊은이의 반듯한 이목구비와 말투, 자세를 보면 죽창 동무가 마치 내 앞에 살아 서 있는 것처럼 보여서 말입니다."

현에게 시선을 거둬들이며 말하는 이경애였다.

"그렇다면 현 자네는 이 보살님을 어찌 아는고?"

"스님 저는 저분을 얼마 전 경주에서 잠깐 뵈었습니다."

"오호! 이거 인연도 이만저만한 인연이 아니구만. 맞습니다 보살님. 이 젊은이는 김현이라고, 죽창의 아들이외다. 내 또한 언양 장터에서 오늘 우연히 만났습니다."

만칼의 말이 끝나기도 전에 이경애는 현에게 바투 다가가 손을 덥석 잡았다. 그리고는 눈 밑에 한껏 담은 눈물을 쏟아낼 듯이 눈시울을 떨어댔다. 한참 동안 현의 손을 쥐고 있던 이경애는 불현듯 무엇이 생각나서인지 가지고 온 보자기를 조심스럽게 풀어 반지 하나를 꺼냈다.

"어마어마한 폭탄을 뒤집어쓴 산들은 밤새 울부짖었습니다. 아마도 불길에 휩싸인 나무들이 갈라지면서 내는 소리겠지만 그 소리는 헛되이 죽은 것에 대한 원망과 죽음을 몰고 온 자들에 대한 분노를 토해내는 소리 같았습니다. 오직 죽이기 위해 산을 통째로 태우는 야만스럽고 광기 어린 전쟁에 전 너무 슬프고 너무 가슴이 아파 한동안 일어나질 못했습니다. 그런 나를 토벌대장은 채근하여 시커멓게 타서 널브러진 시체들의 신원을 일일이 파악하러 다녔지요. 화마 속에서도 서로 부둥켜안고 죽은 주검들은 비트에 남아 생존을 모색하던 부상병과 환자들이었고, 깊게 판 참호 속에서 옴짝달싹 못 하고 총만 거머쥔 채 죽은 사람은 그나마 싸워볼까 싶은 병사였듯 싶습니다. 나무를 태워 하늘로 불길을 올린 숲과 달구어진 돌들이 계곡 아래 구르고 그런 것들에 의해 태워 죽고 깔려 죽은 동무들의 절규가 귀청을 때리는 것이 혀 깨물고 바로 이산에서 절명하고픈 심정이 이만저만 든 게 아니었지요. 절통한 가슴을 누르고 이리저리 시체를 확인하러 다니는 중에 참으로 이상하게 죽은 주검 하나가 눈에 띄더군요. 타버린 대숲에 마치 발견되면 안 되는, 시커먼 대숲을 이불 삼아 반듯하게 누웠는데 일부러 확인하지 않고는 시체인 줄 모를 만큼 숲과 시체가 한 색깔이어서 쉽게 눈에 안 띄었죠. 저는 알면서도 모른 척하고 지나쳤습니다. 군경들이 철수한 그날 밤 몸이 아프다는 핑계로 군 막사를 몰래 나온 나는 그 대숲으로 헐레벌떡 뛰어갔습니다. 만지면 바스러지는 대나무를 조심스럽게 들춰내서는 시체를 보았지요. 이미 죽음을 예견하고 기다린 것 같은 모습으로 두 팔을 가슴에 얹고 죽었는데, 반듯하게 누워 타버린 얼굴에선 죽음이 비로소 평안을 찾아 준 것 같은 지극히 안온한 모습이었습니다. 그런데 가슴에 얹힌 왼쪽 손은 황토로 두텁게 발라져 있더군요. 바짝 굳어버린 황토를 깨보니 허여물건하게 쪄버린 손에서 반지 하나가 뚝 떨어지지 뭡니까. 불기둥이 솟고 끓는 화염 속에서 자칫 반지가 녹을까 봐 물에 갠 황토를 개미집처럼 손에 바른 게 아닌가 싶습니다. 오로지 반지를 보호하기 위해서 말이죠. 시신을 흙으로 덮어 주고 반지를 유심히 살펴봤습니다. 반지 안쪽에 '선묘'라 새긴 흐릿한 글씨가 눈에 들어오더군요. 전 그 이름을 보는 순간 직감적으로 죽창 동무란 사실을 알았죠. 반지를 몰래 품속에 숨겨 산에서 내려왔습니다. 군사 법정에서 10년 형을 언도받은 과정에서 면회하러 온 오빠에게 몰래 반지를 맡겼죠. 출옥하고 이곳으로 곧장 달려와 이 산에서 무주고혼된 넋들을 위로하려고 애면글면 애쓰면서 이렇게 제사상을 올리는데, 이 마을에 사는 한 영감님이 특이한 중 하나가 들어왔다며 매일같이 염불에 목탁을 두들기고 이산저산을 넘나들며 죽은 시신만 찾아다닌다는 말을 제게 퉁겨주더군요. 그때 저는 짐작했습니다. 만칼 동무 아니고는 이곳에 올 사람은 없다고. 모든 시신을 확인하는 과정에서 만칼 동무는 없었고 또한 만칼 동무가 이끄는 번개 부대는 한 곳에서 전투를 치르는 부대가 아니었기에 분명 어딘가 살아있을 거란 생각을 했지요. 그래 이렇게 만난 것이고요. 아마 저 젊은 이가 나를 봤다면 경주 오빠네 집에 반지를 가져오려고 경주를 빠져나오던 중이었을 겁니다. 그때 절 봤겠죠. 이 반지를 스님께 전하고 저는 저대로 가려던 참에 죽창 동무의 아드님을 여게서 보니 아마 죽창 동무의 마지막 부탁이 아니었을까 싶습니다."

길게 말을 마친 이경애는 자신이 들고 있던 반지를 조심스럽게 현에게 건넸다. 극한 슬픔에는 감정도 일어나지 않는 것인지 현은 반지만 쳐다볼 뿐 미동조차 하지 않았다.

"그래, 보살님은 어디로 가신다고 길을 나선 것입니까?"

"스님, 이제 이곳은 내가 아녀도 스님이 잘하실 거고 저 또한 부처님께 귀의하러 이곳에 왔습니다. 저 아래 석남사란 절에 의탁하여 비구니로 살아가기로 계를 받아 놓은 몸입니다. 이제 이승에서 제가 할 수 있는 것은 전쟁 통에 죽은 모든 혼백이 아무런 원한과 미련 없이 저승 잘 가라고 간절히 비는 것밖에요."

이경애는 현의 손을 꼭 잡고 내려놓으며 깊은 목례를 하고는 견성 스님을 앞에 두고 큰절을 올렸다.

대금을 놓다

갯물과 민물이 만나 갈대 뿌리에 뒤엉켜 올라오는 비리척지근한 냄새가 현의 코에선 달짝지근한 냄새로 바뀌었다. 현은 깊게 숨을 들이마셨다. 오래전에 떠나왔던 길을 다시 걷는 속마음은 싱숭생숭했지만, 발걸음은 오히려 빨라졌다. 금의 다 자란 모습을 그려보면서도 강하게 머리를 흔들었다. 스승 죽음의 노여움이 아직도 여전한지, 가시지 않은 그 응어리진 마음을 어떻게 풀어야 할지 갈래 잡을 수 없는 마음이 종래로 익숙했던 길을 허정대게 만들었다. 언덕배기에 걸친 뭉게구름을 보는 현의 눈에 이 모든 감정을 한 번에 훌훌 털어낼 미소 짓는 금만 보였다. 저 멀리 눈 가득 들어오는 집을 보자 현의 가슴이 쿵쾅 뛰었다. 바자울은 그대로인데 사립문이 짙은 회색 양철문으로 바뀌었고, 지붕은 마치 수면에 일어난 주름진 파장 물결처럼 보이는 슬레이트로 올렸다. 길 양옆으로 앞다퉈 핀 꽃들을 본 현은 방시레 웃음을 띠었다. 앞마당 한편엔 그 옛날 아궁이에 걸었던 가마솥은 간데없고 요즘 유행하는 양은솥이 방금 훌부셔 닦은 듯 은색으로 반짝였다. 화릉화릉 불꽃을 틔워 올린 연탄을 화덕에서 꺼내는 한 여자가 눈에 들어왔다. 금이었다. 예전 소녀티를 볼우물 쪽으로 감춰두기는 했으나 변한 것 없이 다 큰 처자로 자란 금이었다. 그림자조차 숨기고 선 현을 어찌 알았는지 귀밑머리를 살짝 드는가 싶더니 이내 뒤돌아선 금은 목장승처럼 꼼짝하지 않고 현을 바라보았다. 어느새 붉어진 눈가로 촉촉이 젖은 눈에선 눈물이 그렁 고였다. 현이 성큼 다가가 손을 맞잡자 그제야 현의 가슴에 얼굴을 묻고 흐느꼈다. 미안함과 고마움을 가득 담은 현은 금의 등을 토닥였다.

"오빠 떠나보낸 아버지는 거진 넋 빠진 사람처럼 천정만 바라보고 살았지라. 죽창을 볼 낯이 없다며 입에 대도 않던 술을 매일같이 들도 않았겄어요. 당최 말릴 수가 없었고만요. 그렇게 반년을 술로 의지해 살다가 뢴 정신이 드셨는가 한 날은 절 부르더만요."

"아부지 부르셨던 게라."

"오냐. 너 광 안에 뒤주를 들춰보면 대나무가 있을 게다. 그것 좀 가지고 오니라. 그 말씀에 광에 들어가서 뒤주를 열어보니 왕겨 속에서 뿌리 그대로 붙은 때아닌 대나무 한 자루가 나오질 않던가요. 속이 어찌나 여물고 꽉 찼던지 묵직한 것이 절굿공이를 든 것 같았지라. 아부진 그걸 아무 말씀 없이 깊고 그윽한 눈으로 보더니만 그날 이후부터 그 대나무에 매달렸지라. 불을 대지 않고는 곧게 발라지지 않는다는 걸 아는 아부지가 무엔 고집이 불었당가, 유독 이 대나무만큼은 불을 일절 대지 않았어라. 불을 대면 대나무 살이 버성겨져 소리가 새 나간다고 합디다. 그래 이 대나무는 응달에서만 말리고 쥠기구로 하루씩 번갈아 곧게 펴기를 근 두 달

가량 했지요. 그렇게 하고 나서 돼지 꼬랑지 같은 베베틀린 쇠꼬챙이로 속을 다 파내고 사포로 갈닦음한 후 마지막 칠성공을 뚫고는 그 질로 사흘을 내리 몸져 앓아누웠지요. 그때가 오월 단오였지만서도 안개 낀 새벽은 검짙은 밤하늘보다 한 치 앞을 못 볼 정도였는데, 그야말로 맨눈 소경된 것처럼 댓돌 신발도 찾아 신기 어려운 그런 새벽에 몇 날을 밤하늘 달 보면서 갈대 크기를 재던 아부지께서 갈대를 캐야 한다고 우기시는데, 새벽 달빛에 의지해서 야거리 배 한 척 끌고 순천만으로 나가셨지라. 천하에 없는 대금에 맞는 짝을 찾아줘야 한다면서 기어코 갈대숲으로 나가셨지라. 오월임에도 여전히 찬기를 품은 순천만 갈대숲으로 달려오는 바람은 방향을 정해 놓고 오는 게 아니라 시도 때도 없이 불거나 종잡을 수 없이 순간 몰아치는, 참으로 알다가도 모를 요상한 바람이 단오 바람 아니겄어요. 아부지는 그 바람을 맞아가며 남들 모르는 갈대의 왕이라는 왕대를 찾아 만으로 더 깊이, 깊숙이 들어갔지라. 왕대는 씨알이 이만저만 굵은 게 아니어서 잘 벼린 낫으로도 단 한 번에 베기 힘들지만, 용케 베더라도 빨리 빼내지 않으면 금세 속살 안쪽으로 스며든 물로 청이 못쓰게 되지라. 아깝다고 그것을 솥에 넣고 삶아 쪄본들 꺼내고 나면 꾸득꾸득해져 소리가 얌생이처럼 가볍고 먼지처럼 퍼르퍼르 날라간다고 아부지가 그럽디다. 배를 갈대숲에 매어 놓고 그 왕대란 놈을 찾아 헤매길 반나절 만에 한 낫으로 베어 왔는디, 그 질로 아부지는 심한 기침을 해대며 고열에 시달려서는 보름을 끙끙 앓더라구요. 비몽사몽간에 오빠만 불러 쌌는디, 내사 오빠가 그때 그렇게 미웠던 적은 처음이요. 결국 아부지는 그렇게 애타게 찾아쌌던 오빠도 보지 못하고 다시는 못 올 길 서둘러 가버렸지라."

 말을 다 마치지도 못한 금은 어깨를 심하게 들썩이며 흐느껴 울었다. 앞고름으로 눈물을 찍어내던 금은 벽장 속에서 비단보에 싸인 물건 하나를 현 앞에 조심스레 내려놓았다. 비단보 안쪽 길쭉한 물체를 감싼 오방색 한지를 풀자 황금색으로 빛나는 대금이 나왔다. 아직도 숲속에서 살아있는 듯 기운이 넘치는 대금이었다. 금방이라도 마디를 뚫고 돋은 가지에 잎이 살아나고 뿌리를 땅으로 세워 발딱 몸을 일으켜 그 살던 곳으로 뛰쳐나갈 것만 같은 대금이었다. 이지러진 달처럼 알맞게 패인 취구와 저취 평취 역취를 담당하는 구멍은 흐트러짐 없이 반듯하게 일렬로 가다가 마지막 칠성공에 자리를 내주고 멈췄다. 그 모습은 천년 먹을 짙게 갈아 대금에 떨어뜨린 것 같은 착각을 불러일으킬 만큼 황금색 대금에 패인 구멍은 또렷했다. 현은 그 대금이 옛날 스승 죽음과 함께 깊은 산속 비탈진 곳에서 조심스레 정성을 다해 캤던 쌍골죽임을 알았다. 오랜 산고를 견디며 낳은 아기를 안듯 대금을 들어 만지던 현은 그제야 북받쳐 오르는 서러움에 눈물을 비 오듯 쏟아냈다. 회한과 죄스러움에서 나오는 눈물이었고, 절통함과 사무치는 그리움에서 나오는 눈물이었다. 현은 가만히 대금을 두 손으로 받쳐 들었다. 그리고 어깨에 얹고는 대금을 아랫입술로 끌어와 대고 눈을 감았다. 조심스레 아랫배를 누르고 나오는 입김으로 소리를 가만히 내었다. 아버지 죽창과 스승 죽음이 손을 잡고 다정스레 가는 게 보였다. 좋은 세상 오면 들려주마던 죽음의 소리에 그날이 오면 맞춰 춤을 추리라던 죽창이 그렇게 푸른 숲 안으로 들어갔다.

대금 소리

초판 1쇄 발행 2018년 5월 24일
개정판 1쇄 발행 2024년 6월 27일

지은이 | 백승휘

펴낸이 | 오창헌
펴낸곳 | 도서출판 푸른고래

출판 등록 2012년 1월 12일 제370-2012-000001호
사무실 | 44637 울산광역시 남구 눌재로4번길 12-1, 101호
공 장 | 44504 울산광역시 중구 내황6길 40, 304호
전 화 | 052-222-0124
이메일 | 2220124@daum.net

ISBN 979-11-92898-15-5 03810 : ₩14500

* 이 책은 저작권법에 의해 보호받으므로 무단 전재와 복제를 금합니다.